U0512827

世纪文睿出品

赵瑜： 我做了一些荒唐的闲事，现在有些忧伤。

赵 瑜 著

核桃男人之

小荒唐

世纪文库

世纪出版集团 上海人民出版社

自序·荒唐记

第一辑·动情爱好者

第二辑·感情统计学

第四辑·私生活

辑外辑·也算后记　时间简史——一个非典型荒唐的小标本

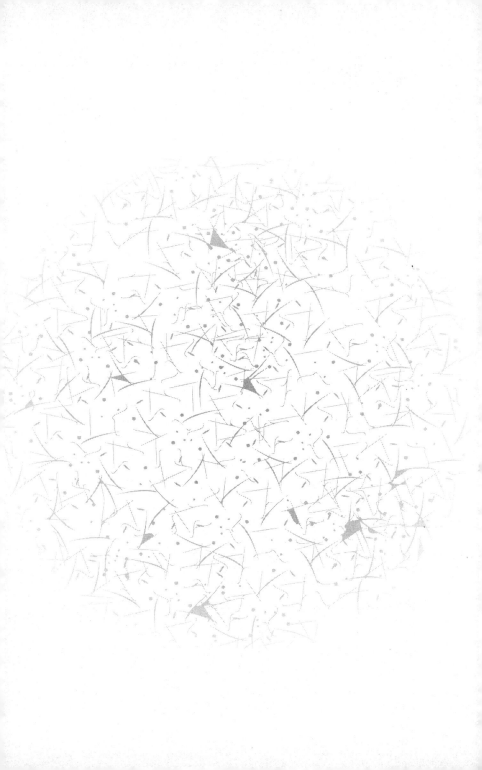

我想说，感情，可能，真的是一个传染病。

如果真的有这样的传染病，一定需要解药来治愈他们。不论你多么乐于沉淫其中，但总有剧终的一天。大抵是这样：河两边的男女，要么溺死在爱情里，彼此怨恨；要么在河水里融化，上岸后遍寻金瓶梅一起学习缠绵的秘密。

中国的历史，多是断代史，在这样官方话语笼罩的谱系里，男女之间的感情史也不例外。其实，断代史是一种变态的行为，就是割裂历史。唐朝时政治开化，男女关系十分放松，唐明皇宠杨玉环，全国几乎是不重生男重生女。到了武则天时代，女权主义笼罩朝野，相信，如果我们可以打开唐朝的标本，到处可以看到男女关系开放的意外桥段。然而，到了宋朝和明朝，理学兴盛，禁人欲。好色的文人只能在诗词里意淫。然而到了民国，西学渐进，不论是上海滩的风月，还是苏青的小说，都开放得很。张爱玲在评价苏青时，曾经说过，多数读者是通过苏青的小说来学习男女之事。然而，这种自然而然的男欢女爱，到了1949年之后，基本上被意识形态阉割。有相当长的一段时间里，不论是文学作品还是影视作品里，男女之事被人为地贬斥为"肮脏"的事情。

这样的断代史一直持续到上世纪九十年代初，一批身体写作的女作家横空出世，引起关注，当然，她们也不可能逃脱道德至上爱好者的批判。

究竟是什么样的元素，让我们如此地担心这些饮食男女的日常事呢。事实上，这是一种意识形态的滞后，是过度强调道德的病态。

我还记得第一次阅读那些禁书时的羞耻感，意识里出现的色彩是黑色，夜晚的那种黑，朦胧着，似乎可以隐藏自己的黑。其实这种羞耻感在现在看来大可不必。因为，饮食男女，没有身体的欲望，又或者，我们的欲望没有合理的出口，一切纯洁的东西都不可能去抵达。

正是鉴于我们所生活的时代一直处于被"道德"这个极不道德的标准所判断，所以，一些正常的属于私隐的感情变成了"荒唐"的事情。

比如，几年前曾经有一个荒唐的案例，西安市的一对夫妻正在家中看A片，被突然闯入的派出所警察拘捕。这一事件在当时引起了巨大轰动，让人觉得疑惑的是，这样有悖人性的非法入户行为竟然需要讨论，才达成一致的意见，认为派出所是错的。

其实，在这件事情上，道德强奸了日常生活。一件本来是私密领域正当的事情，却被泛道德化讨论，这本身已经伤害了当事人。当正常的事情被视为荒唐，那么，我们是不是要反思一下这个时代，究竟缺少了什么样的生态？

翻看电视或者都市类报纸，可以确定，我们生活在一个感情病态的社会里。

电视剧的标题，大多是《不要和陌生人说话》、《动什么也不要动感情》，报纸每一天都有一个整版的感情倾诉，不是变态的男人，就是变态的女人。

爱，这么美好的事情在这里被挤压成了一片卫生巾广告。这本身也是一件荒唐的事情。

我还年轻的时候，恰好在一家青年杂志做编辑，主持过一个与恋爱有关的栏目。那真是一个年少轻狂的时代啊，现在每每想起，都只想用三个字来形容：哈，哈，哈。

时间不能剪辑，我无法复制当年主持恋爱栏目时的幼稚模样，但有一点可以肯定，彼时，我并不懂爱情。让一个根本没有恋爱经验的人来主持恋爱栏目，这充满了比喻，尽管我刻意阅读，撕开自己，装入李银河、渡边淳一、日本偶像剧、金瓶梅甚至地摊上的A片。那时的我，在道德的高压和欲望的旷野里自我冲突，几近荒诞。

记得我做了很多荒唐的事情，比如，曾经和一个向我求助的女孩谈了恋爱，这真可耻，我自然从中吸取了教训。比如曾经在一个热线电话里问人家和老公一周内做爱的次数而被骂。这真勇敢，我也从中吸取了教训。比如曾经给一个要自杀的女孩寄了钱财帮助她，结果得到教训，原来她是一个骗子，因为她后来又编造不同的理由自杀，均需要我钱财上的帮助……

我正是经历了这些感情的荒唐史，才越来越理解什么是温度正常的爱。

在城市里生活，男人和女人相遇的过程便是爱的全部过程，我有一次给爱做过一个定义，大概是说：爱极有可能是，两个人相遇了，什么事情也没有发生。

什么事情也没有发生，怎么有可能是爱呢？

其实，我只是想表达爱情的一种形式，爱情自然不会有绝对固定的样态，它多种多样，但是最让我喜欢的，是，两个人只是遇到，什么也没有发生。

不可以吗？

我们对爱的理解，往往局限于彼此占有，局限于长久的保质期，稳定的婚姻关系，有了小三以后的对策，恋爱的成本，一夫一妻还是一夫多妻等等。其实，这些都有可能，但为什么不可能是两个人遇到了，吃了饭，看了电影，谈论了人生，还没有来得及上床便分开了呢。

一直想着写一本谈论爱情的书,却一直觉得自己没有这样的能力。我怕自己陷入到肉体中来,一不小心,成了金瓶梅。又怕自己装单纯,列举恋爱的公式给大家,骗那些单纯的孩子。总之,一想到写关于感情的书,我就有些忐忑,是的,忐那个忑那个忐那个忑,噢啊呕。

我深知,过于庄重了不好,过于低俗了也不好。感情的事,最需要的是一种松弛的状态,需要有一点点小荒唐。

这册《小荒唐》的大部分文字,一开始,是为长沙的一份都市报写的专栏。然而,当我滔滔不绝犹如黄河水泛滥而不可收拾地写了多枚以后,这位向我约稿的兄台却不幸辞职了。于是,悲伤了很短一段时间之后,我决定放弃做一个很牛逼的情感专栏作家,专心地写我的小说去了。

然而,人生常常是一出小荒唐的戏剧,感谢一位单眼皮美女的推荐,感谢世纪文睿的林岚兄用中波温柔的频率电话我,感谢上海世博园旁边的小茶馆,以及上海地铁,感谢快递公司以及我们隔壁办公室打印出版合同的小王小符。使得这册近乎小荒唐的随笔集得以出版。

需要补白的是,在出版这部作品之前,我出版了两本小系列的作品,一本是深入打探鲁迅先生和许广平女士恋爱过程的《小闲事》,一本是怀念我童年个人史的《小忧伤》。现在,有了这本《小荒唐》,我终于可以对我的朋友说:我做了一些荒唐的闲事,现在有些忧伤。

真的,没什么,我只是忧伤。括号,读这句话的时候,请您想起电视剧《潜伏》中的婉秋。

最后,谨以此书,献给我所有的旧时光。并希望,这册《小荒唐》能成为部分阅读者的感情解药,如果您恰好阅读了,并认为疗效显著,请你在邮箱里赞美我:taociliao@126.com。

所谓爱情，不过是一男一女相遇的全部过程。

第一辑
动情爱好者

之一·苦瓜男女

这是一个分众的时代，坐公交车的人和驾私家车的人几乎没有生活交集。在电影院里遇到的人和在儿童乐园里遇到的人截然不同。所谓爱情，不过是一男一女相遇的全部过程。

一个热爱穿花裙子的女人必然会在夏天遇到她心仪的人，因为她精心地修饰自己，用花裙子和自然而然的微笑来书写自己。这个时候细心阅读她的人一定是个好读者。

一个热爱读书的女人在书店或者图书馆遇到心上人的可能性更大。因为，在那样一个特殊的场地，省却了不少自我介绍。两个同时选中卡尔维诺的人，手轻轻地碰触到一起，相视一笑，这是多么美好的故事开端，只要两个人有感情的芽苗，只需要以后的时间用内心的湿润浇灌，便可以生根，开出好看的爱情花朵。

一个热爱吃苦瓜的人呢？

我的朋友胡小蝶是位小有成就的广告人，她热爱阅读男人，却屡屡失意在爱情路上。

做广告的她深刻懂得这个世界就是一个分类信息，在报纸的头版广告是汽车和房产，在夹缝里是医疗广告，在分类信息的条目里是五花八门的陷阱。她知道优秀男人的细节，也知道粗糙的男人更适合自己。但是如何一步步地让自己喜欢的男人分类到自己的视野之内呢，这费了她许多的周折。

一开始她判断男人的标准是去卫生间之后的手是不是干净，但很快失败，因为一个优秀的男人在很多个细节上并不完美。这种小伎俩似的试探所显示出的幼稚让胡小蝶感觉崩溃。很快她找到了另外的阅读参照，酒后的男人是不是沉默。她喜欢酒后沉默的男人，她认为一个质地良好的男人在酒后应该展示的是他的全部真实，酒后的沉默意味着这个男人的理智和可靠，他有另外的发泄出口，他不需要借助于酒水来外泄内心的狂躁和个性。

然而，她遇到的男人酒后均朝向她期待的对面狂奔，斯文的败类比比皆是，让她伤感不已。为什么她总是遇到戴着面具的男人呢。

终于，胡小蝶找到了可口的男人，她几乎是跳跃着讲述她们的艳遇过程：她遇到了一个和她一样热爱苦瓜的男人。

和外表的小节不同，吃苦瓜，这是一个人在某种磁场里的全部暗喻。两个都喜欢吃苦瓜的人，和两个同时喜欢卡尔维诺的人，或者同时喜欢电影院的人接近。

他们对食物的某种共同爱好打开了自己某一段个人史，这段个人史温暖湿润，像极了一段甜蜜的对话。

胡小蝶幸福地介绍着她们更多的共同爱好，从苦瓜开始，她和她热爱的人打开了自己更多的内心，像食物一样彼此食用。

这样真好。

之二·男人的额外功用

　　和一群女人吃饭真麻烦，除了掏出全部耐心等候她们，还要掏出内心储存的所有美好词语赞美她们。

　　然后呢，还要适时地开发男人的其他功用，以备女人们需要。

　　当然，最重要的，是要反驳她们日益骄狂的情绪，让她们明白一个女人最美好的内容在于柔软，而不在于强悍。

　　最近的一场饭局，我很沮丧，特地记录下来，这些女人的言词如下：

　　长发甲是一个出版社的编辑，喜欢染指甲，她说话的时候会先看一下指甲，用以提醒别人以收获合乎想象的赞美，她说："我家的男人就是一个床上用品，可是，最近，这件用品非常忙碌，我正在考虑，要不要像小×一样，找个备用的男人。"

　　花裙子乙是个冰淇淋爱好者，她热爱睡午觉，她说："我们家的男人就是我的闹钟，午休之后他要提供叫醒服务，生日他要提供各种歌唱服务。"

　　未婚短发女是一个服饰店老板，然而她开服饰店的动因正是由于她喜欢买衣服。她的话几乎打击了我："男人，不就是我们女人的钱包吗？"

　　广播女声音美好，她的声音像蛋糕，有些绵软有些甜蜜，如果再细细地听，会想舞蹈。她是一档女性节目的主持人，热爱背着包驴行，所以她话语里的男人功能更为单一："男人就是一个临时运输工具，我在路上的时候交男朋友从不看他模样是不是好看，只看他身体是不是硬朗。"

朗读女是一所中学的语文老师，她有文艺女青年的一切潜质，喜欢诗歌，热爱古典音乐，甚至也偶尔写一两句感伤的散句。她是有名的良家女人，最近却陷入了一场温度滚烫的网恋里，她说："男人就应该是一块随时可以融化自己的巧克力，在女人需要的时候脱光自己，让女人吃掉。"

裁缝女是著名的服装设计师，大学教师，教授美术设计课的她是身边女人审美的标高，她有迷人的气质和适合装扮的身材。她的话简单叛逆："男人就是女人的镜子，我用男人来照自己，如果我家男人有两天不看我的眼睛就回答，那么，我便知道，一定是我自己的哪个部分出问题。"

肥肥是最有男人缘的女人，差不多，她是我们的哥们儿，是可以信赖的同盟，然而，在那天，她喝了三瓶啤酒之后，大骂男人，她的原话如下："男人都是骗子，虚伪、可怜，现在我总算是明白了，我以后也要学××，把男人当作交通工具，需要的时候就坐上去，不需要就下车，用脚踢上门，让他们滚蛋。"

肥肥的话像是宣言，一群女人哄哄然大笑，完全不在乎坐在角落里的我，和我的兄弟馒头。我们两个碰了一下杯子，苦笑了一下，说，我们男人除了以上的功能，还要做女人的感情垃圾桶。

果然，话音未落，肥肥喝多了酒，吐在我的身上。

之三·幸福的女人是可耻的

感同身受，是特指日常生活中的饮食男女，看言情剧里的情节，明明知道那是不可能的事情，可是当男主角奔跑着和女主角擦肩而过的时候，还是会没来由地感到悲伤。因为在日常生活的语境下，感官系统打开得全面，从而可以注释我们个体的感情丰富。

如果将生活的语境更改，若是我们花费一天的时间来跟踪拍摄一个恋爱中的幸福女人的话，那么，你会发现，当个体的感官系统只专注于自己狭窄的甜蜜对象时，她们对周围环境的漠视达到了可耻的地步。

我策划了这样一个DV节目，摄像师选择了他的同事爱玲女士作为偷拍对象，完整地跟踪了她一整天。发现，恋爱中的爱玲女士走路的时候完全不看路边的行人，哪怕是我们特地在她的身边导演了一场争执，她也视而不见。她赶时间去给男朋友送小剧场的票，并顺便看男朋友的新衬衣。那是她在网上给他买的。

开着车子的时候，因为听男友送给她的重金属音乐而差点闯了红灯，车紧急停在了斑马线上，一个正在过马路的老太太吓得浑身哆嗦。这是一场意外，包括跟拍的我们剧组人员，都被那惊险的一幕吓倒，大概只有一秒钟的时间，爱玲女士就会将一个老太太撞倒在地。

她过于专注的内心让她在紧急刹车后没有任何礼貌，她不是下车向老太太道歉，而是抓起电话来埋怨男友，声音里添加了大量的糖分，以至于绿灯亮了，后面的汽车喇叭响起，她才挂断电话。

晚上的时候，幸福女人爱玲女士因为不开心而央求男友请她吃大餐，浪费了三分之二的红酒和食物。

回到单身公寓里，她用了平时两倍的水洗澡，要将今天某一段时间的内心恐慌洗去。她一边浪费着热水，一边在电话短信息里挑逗男友的荷尔蒙，直到对方投降，用肉麻得××的甜言蜜语来回复她，才算干休。

第二天一早，她便忘记同事交待的事情了。她因为换衣服，将同事交待她的纸条扔进了洗衣机。到了办公室，她才想起。这已经是同事第三次催促她了。

那么，她需要重新回家取那个表格。那是关于幸福调查的表格，她太幸福了，以致没有时间将自己放回到日常生活里。

她一点也不愿意这样，之前的她多么关心别人啊。可是现在完全相反，她没有耐心听别人讲完事情的经过。她的全部心思，都放在了那个相恋的人身上。

幸福真是一件可怕的事情。同事们对着她的背影说。

看完跟踪拍摄她的一天的节目，多数观众都被她专一的精神惊讶到了，原来，一个幸福的女人，只关心自己的内心而完全忽略其他人的感受，是这么无耻。

当然，笔者，在这里也可以替爱玲女士辩白一句：爱，本来也是一件自私而无耻的事情。难道不是吗？

之四·我能不能悲伤地坐在你身旁

某年某月的某一晚，我在一灯光暗淡的酒吧闲坐，等候一枚模样尚未揭晓的女性朋友。我破例燃了一支烟来配合那音乐里流淌出的懒散的气息。

正在我感觉良好地将腿自然翘起，旁观橱窗外的车水马龙和人间灯火时，突然来了一个头发短得坚决的型男，他用眼睛的四分之一眼白斜乜了我一下，叹息一声。我在那一瞬间突然被某种来自体内的本能惊吓到。我遇到了同性恋。

事后果然得到证实，那是一个经常泡吧的朋友告诉我的，我坐在暗处的姿势，抽烟的孤独感，以及烟盒摆放的角度，都是一个信号。那个人误解了我，或者我的一些作派让那个人误解了，所以，他才走到我身边来试探我，但是，当他闻到身上的气息不对，才没坐下来，而是叹息一声，走了。

这次未遂的艳遇曾经无数次被我卖弄，我沾沾自喜于这种特殊的巧合，常想将这个场域无限制地复制出去。

如果那天晚上，前来我身边的不是那位兄台，而是一个悲伤的女孩，悠悠地说一句，我能不能悲伤地坐在你身旁，那么，我相信，一个美好的故事会被这幽暗的气氛围住，而后开始生长。长出能照亮这幽暗的光明与甜美来。

进入夏天，孤独成为一件可耻的事情。看新闻，发现一件有趣的事。在丹麦营运公交线路的英国公司已为一百余辆公交车安装了"恋人专座"。"恋人专座"有红色座套，公司发言人说："我们不能保证你找到梦中情人，仅仅为人们提供一个交流的机会。多微笑，或许你就能赢得芳心。"

　　新闻从另外一个方面表达了现代城市人的孤独。毫无疑问，公交车是城市人口最为集中的地方，坐在公交车上的人，他们中的大多数人都有生活的交集，可是，因为生存的压力，却淡漠地擦肩而过。城市将我们的内心封闭成僵硬而冰冷的固体，缺少流动的内心时时被孤独纠缠，想来十分可悲。

　　这些年，根据需求方面的调查，城市有许多规划非常成功，譬如有许多城市规划了艺术家村落、花卉市场以及主题公园。甚至有一些酒吧为了能准确地找到他们的消费者，直接起名叫做"生于七十年代"、"单行道"等等。那些以交友为主题的咖啡厅或者酒吧，在所有的桌子上都会放上一部电话，只要是单身的男女看上了彼此，可以拿起电话试探，看看双方的磁场是否会融化。

　　当我们的孤独成为一种标签，那么，我们一定会在特殊的场域里遇到我们的同类。在图书馆里找喜欢看书的异性，在足球场找热爱运动的异性。在一辆公交车的恋人专座上，找可能会成为自己另一半的异性。

　　如果有一天，我们正孤独，闯入一间咖啡馆里，突然看到靠窗的位置有醒目的关键词：此座位只提供悲伤。而且，那里坐着一个楚楚动人的花裙子。那么，我们一定要坐在她的对面，说一句："噢，原来，你也在这里。"

之五·狭路相逢的礼物

人的习惯像血液一样，能流进身体和意识的每一个角落里。

对于感情戏中的男女也是一样，男人总是预设自己喜欢的那个饭馆女人也一定会喜欢。这种源自内心磁场的扩散，像一场大雾一样，总能迷住剧中的男女。

我就有过这样的体悟，带第一个女友去一家咖啡馆吃饭，当时患青春期综合症，特别淘气，在一个靠窗的桌子上刻下了一片叶子，那是我女友的名字。后来有了新版本的女友，依旧喜欢那咖啡馆，以及那张固定的桌子。那片叶子恰好被新版的女友发现，那是我无意中给她讲过的过往细节。她受了伤，转身飞走，消失在城市的夜晚。

事后，我常常很疑惑自己，为什么要带两个不同版本的女朋友去同一个地方。对某一件东西的喜欢，常常会像照相机的胶片一样，相片虽然洗出来了，被放大了，但是底片却永远留在了心里，随时可以去加洗。

把喜欢的东西和不同的人分享，其实是我们内心织成的一个蜘蛛网。那网从欲望出发，或者甜蜜的想念出发，一点点伸向一个女人的内心。

电视剧版的《手机》里，严守一将两块相同的女式金表分别送给了老婆于文娟和情人伍月，他以为，这两个女人不会同时出现在共同的场合。哪知，刚送出金表不久，于文娟便和伍月相遇，两个女人撞表了。那两块表出卖了严守一，制造了日常生活的一场意外。

严守一用这样的方式给男人上了一课，关于送给女人的礼物，如果是相同的，那么，持有这相同的女人，必然会有狭路相逢的一天。

世界是很大，但它总有让我们始料不及的磁场，将相同颜色的衣服收拢到一起，将相同爱好的男女收拢到同一张床上。

同样道理，世界也会将尴尬和挫折在合适的时候塞进我们的口袋，用来提醒我们方向和冷暖。

在感情的场域里，男人总是会在专一的问题上电量不足。但这并不妨碍一个男人善良和充满温暖，只是说，在特定的时间段落里，男人将这种暖意分多次奉献给了不同的对象。

重复必然导致热量减半，或者撞车。所以，男人必须将感情的蛋糕分成大小不等的份额，给恋人的蛋糕份额不能和邻居一样，给母亲的份额不能小于恋人。

如果给老婆送了金表，那么，给女同事就只能送首饰盒。同样，如果给老婆送了一件花裙子，那么，给关系暧昧的情人只需要送一张电影票即可。

日常里，我们喜欢苹果的心情与喜欢一棵树在风中摇摆的样子肯定不同。那么，我们喜欢女人甲和女人乙也同样有差异。

将这种差异在内心里咀嚼清楚，将爱与喜欢分清楚，将缠绵和暧昧分清楚，将甜蜜与快感分清楚，将依赖与懒惰分清楚，将温暖与孤单分清楚。那么，我们再遇到女人的时候，我们就明白，是和她微笑着讨论人生，还是缠绵着共度人生。

之六·电话做爱

　　喝完酒以后的谈资很跳跃，谈姿呢，也很放荡。我们，有五个人，三男，两女，也有的时候是三男，三女，那更欢实。

　　是这样，我们开始谈论自己最为尴尬的事情了，必须是羞于启齿的那种。在我们的沙龙里，最会讲故事的海带总是有说不完的故事。我们有时候都怀疑他是一个杜撰狂人，为什么，他总有煮不完的天方夜谭聊斋志异和阅微草堂笔记呢。

　　今天他一开口我们便惊讶了。他像是一个悬念高手，说，他有一个最尴尬的事情，不喝酒实在难以启齿。他要说的事情竟然是电话做爱。

　　我们都有些紧张，我们的紧张显得暧昧，极盼望听他讲述他尴尬的细节，又觉得掌握了别人的隐私以后会生出一种黏稠的愧疚感。

　　怎么说呢，当时，我们望着他，静默起来，那是六月的夜晚，我们在一个市郊的院落里，风吹动树叶的声音像琴弦，还有夜游的虫子，一切都很安宁。然而，要说的话题竟然如此用力，我们很希望他能好好地流淌出来。

　　海带的讲述果真涉及隐私，是五年前的事情。那时他和女人感情不好，和没有孩子有关。也努力了的，却屡屡没有收成。自然要去医院，女人吃了草药，黑色的汤药，那味道熏了他数月，果然好了。海带应该不是杜撰那些妇科的细节以及准确的命名，均说得精确。所谓好了，不过是输卵管通了。然而，当他们查着月份牌，计算好排卵期，戒了烟酒，甚至还请了假。然而，仍然杳无音信。

　　是的，去医院里仔细查了查，没有他们想要的美好的音信。

那么，需要海带兄亲自到医院那里走一趟了。一个男人到医院里，要去检查精液，你知道挂什么号吗？海带兄的问题扔出来，难倒了我们。是啊，想起来都觉得太电影情节了，一个男人在一群挂号的人中，总不能大声地说，我挂一个检查精液的号吧。

那挂什么科室呢？

我们开始在那里胡说，总之都是下半身的科室，但都说错了。海带笑着说，真无聊，竟然是泌尿科，那是看性病的科室。

怕我们觉得他的铺垫太长了，海带猛喝了一口酒，加重语气说，故事刚刚打开，尴尬的事情尚没有开始。

他的故事真正的开始是遇到一个面无表情的女护士，验完了他的交费单据之后，随手从身边的架子上取了一个小瓶子，递给海带，说，去取精液吧。

海带接过瓶子，想也没有想，转身就走。在他的臆想里，一定是回到家里，书房里，打开电脑里的某个隐藏了的文件夹，借以涂抹自己的欲望。然而，他却被护士叫住，问他要去哪里啊？海带愣住了，大声说，回家啊。

那护士脸都羞红了，指了指旁边的一个小门，说，去那个房间取。

那护士说着，还弯了一下腰，将一个表格拾起来。海带心里突然一愣，有了莫名的兴奋，暗自揣测，难道……。但他很快就意识到自己过于乐观了。

他很是为自己的揣测羞涩了一下，然后就去了那个所谓的房间。

天啊，那个房间就是传说中的法律规定可以手淫的房间，打死人也不能相信，不但没有任何图画文字，连凳子也是一个没有靠背的方砖凳。

海带兄对此等简陋的条件没有足够的思想准备，他反复也不能成功。万般无奈，掏出手机，打女人的电话。结果女人的电话一直占线。海带想完了，即使电话通了，也正是在办公室里忙工作，不能帮助他解决任何问题。

于是乎，在电话本里一通猛找。这个时候，他才发现，电话里那多么女人都只能一本正经地问好讨论人生和理想。他绝望极了，凭着印象打了初恋对象的电话。果然在床上躺着，那声音出卖了她的姿势。海带几乎用了琼瑶阿姨加亦舒师太又加三毛姐姐的方式，用电话带领着初恋重游了过往的时光，深情的时候自然涉及到身体。那么自然地，他完成了护士交给他的极其光荣的任务。

然而，这件事后，除了按照着一个长胡子老中医的药方修饰日常生活之外，海带遇到了初恋女人前所未有的缠绵。但他打死也不能告诉对方，其实，我只是在医院里检查身体。

海带的故事，让我们拍案惊奇。之后，他得到了一个胖乎乎的儿子，我们大家一致决定，等他的孩子大了，告诉那个孩子，海带是多么的不容易啊。

男人和女人相处久了，一点点将紧绷的身体放松，在内心里一想起对方的模样，便觉得暖和。信任是一把永不生锈的钥匙，它几乎可以打开任何封闭的门扉。先是女人交付了自己的身体，男人觉得甜，将自己房间的钥匙配给女人一把。女人溺爱男人，开始给男人洗内衣，男人感动，除了将词典上的甜蜜的情话都抄下来，开始承诺未能到来的时间。

相对于现实所拥有的东西，恋爱中的男女更信任的，是彼此对未来的虚构。

然而，即使是整天身体腻在一起，情话说尽，隐私的空间完全向对方打开，也总有一些和身体相关的细节无法融化。

比如，男人多数不愿意女人给自己掏耳朵。哪怕对方做任何事情都柔软耐心，但是，一旦男人躺下来，闭上眼睛，感受女人细小的掏耳勺探入耳朵。这一瞬间，男人的感官系统全部打开，明明对方还没有触到耳朵里，男人已经感觉到疼痛，那疼痛从遥远的地方袭来，像一团沙，一点点灌入耳朵。又或者像一个孩子，看到医生将针管里的气体排出外面，屁股已经开始疼痛一样。

这种心理暗示完全无法让掏耳朵这件事情顺利进行下去。男人皱着眉头想象那细小的勺子在自己耳朵里行进的路线，甚至突然有了幻觉，他开始回忆眼前这个掏耳朵的女人是如何喜欢自己，或许这个女人是一个杀手，用尽了手段靠近自己，然后用掏耳朵的方式杀掉自己。当然，这种荒诞的想象力不会蔓延太久，随着女人的一两句气息柔软的情话而瞬间瓦解。然而，感官系统并没有因为意志的回复而收拢，这个时候，如果女人的注意力没有完全集中，有那么一秒钟的时间，女人觉得有一小块耳屎进入了勺子里，只需要她轻轻地向里移动一下，便可以成功。而这个时候，男人突然觉得自己进入了感觉的悬崖里，他甚至看到黑夜中恐怖的虫子，那是无声无息的一种刺痛，像一个沾着毒药的针，只要下一秒，便刺入自己的皮肤里。男人突然睁大了眼睛，大声说，不要再往里了，疼。

女人紧急着将掏耳勺取出，有些小心翼翼地向男人表示歉意。

然而，男人并没有受伤，他只是被即将受伤的想象所提醒，然后夸张地表达了自己的疼痛。真正的疼痛并没有发生，这真是一个美好的比喻。

男人和女人的相处，许多真相都可以被甜蜜的话语遮蔽，未来的苦难和挫折也可以被美好的虚构所覆盖。只剩下你侬我侬的柔软，只剩下你虚我幻的信任。

然而，一旦具体到身体的局部，感官系统由情感的虚构进入到疼痛的现实层面。比如女人拿着指甲刀帮男人修剪指甲，比如一只掏耳勺已经探入到耳朵里。身体的本能将内心里最为隐藏的不安全感打开，直到拒绝最为信任的女人的美好服务。

是啊，女人给男人掏耳朵，是一种关于信任的最为彻底的试探，每一个动作都包含着对疼痛的自我体验。可以想象那女人的小心翼翼，无数次在自己的耳朵里试验，直至有一天感觉可以给男人掏耳朵了，然而却出现并不愉快的结果。

什么时候，男人躺在女人的腿上，可以一边和女人讲他在办公室里听到的奇怪的事情，一边接受女人掏耳朵，那么，感情的浓度已经穿透了自我保护的篱笆，男人的内心完全被女人的气息融化，坚硬的金属体探入耳朵里，他想到的不是悬崖和暗夜的恐怖，而是昨天下午的时候，女人抱着男人说的一句话：我肚子里有了。

之八·小三故事

　　"小三故事"是新浪论坛的一个版块的名字。顾名思义，进入这个版并且发言的，多数都是小三。老实说，第一次看到这个版，我被惊呆了。我想到两个字：纠结。

　　当我们纸质媒体道貌岸然维护那莫名其妙的传统道德的时候，我们凉爽而舒适的网络论坛已经完全释放了人性，小三，这个几乎躲藏在暗夜里或者某个宾馆钟点房里的词语，第一次以一个主语的方式出现在论坛上，相当有试验精神和胆识。

　　社会是一个由诸多词语的进化而变革的组合物，"小三"这个词语对应着每一段感情，差不多，它所指向的是：温暖、孤独、物质、虚荣、忧伤、贪婪、隐藏、遮蔽……几乎是丰富内心的全部展示。

　　在这个名字叫做"小三故事"的论坛里，我看到一个非常火爆的帖子，内容大致是问题接龙，全是关于小三的，一个人在开始的时候讲述了自己的情况，然后问一下问题，要求后来者必须如实回答问题，哪怕是尴尬的问题设计。但是，回答问题之后，答题者也可以设问。

　　"戒掉情人"是一个帖子的发起者，她刚刚堕了胎，在讲述中纠结地讲述了她的小三史，其实，任凭她文笔生动，心地善良，仍然无法用现实中的逻辑为自己洗清卑微。现实的逻辑十分荒诞，爱一个人是多么美好的事情，然而，因为有了落后的道德，或者无耻的规矩，竟然有了小三这一词语，使得许多美好感情有了耻辱感。

　　戒掉情人的问题简单得很："你是自己工作，还是靠他养？"

　　下面来回帖的是叫做"王家小三"的网友，她的回答十分清澈，说："我从来都是自己工作，他给钱也基本不要，我只是贪恋和他在一起时的安静。"王家小三的名字起得十分暗喻，差不多，她交待了她喜欢的男人姓王。她的问题也很简单："你看到他和老婆讲电话，听到他说他的孩子的时候眼睛放出的光，你会心痛吗？"

回答这个问题的网友名字叫做黑领蚁族，她正在投入一段感情里，颇为煽情："我明白这个感受，有次，我好奇他另外一面的生活，便让他拍两张儿子的照片给我看看。他遵了命，给我拍数张照片，我仔细看了两眼，长的确实讨人喜欢，赞美那幼稚的美好。然后他也不停地拿着手机看，还发自内心的笑，很开心很沉醉的样子。看着他的表情当时我眼泪就流了下来，多么希望这个孩子是我的。"然而，如此陷入感情河流的黑领蚁族的问题，却异常现实主义："楼下的，如果有一天他说娶你，你会宽容他的年龄、他有孩子，并不顾你家人的反对而执意嫁给他吗？"

"一个妖精"接着回答问题："如果他说娶我，我肯定嫁得义无反顾……"可是，话并没有就此结束，一段省略号过后，她慢腾腾地打下了另一行字，"只是，我的他永远不可能来娶我。楼下的，你偶尔会不会像我一样，反思自己的现状，难道真的就这样一辈子耗着吗？"

网名叫做"不大会写英文字母的女人"回答得俏皮："反思这件事情对于我来说太奢侈了，他每一次都看着我说，找个好人嫁了吧。可是，我舍不得，我老是觉得自己肯定是哪根神经出错了，我就觉得感情的事情为什么非要一个结果呢，我和他这样彼此取暖就挺好的。"

这个不大会写英文字母的女人，却很会写中文，她的问话稍有些无奈："楼下的妹妹，你认为你们最多还能在一起多长时间？"

回答这个问题的女网友大约是一个本名，叫做蔡文姬，她是抒情爱好者，张口便吓着了阅读者："一辈子，他说过，我只有这一辈子，都给你。"蔡文姬的问题更尖锐，问道："你为他堕过胎吗？"

这个帖子里的"小三"文静者居多，共有十多万的点击率，回复的页面超过了八十页，回复人数近五百个，而且仍然在继续中。

当一件有违我们道德的事情像春天的花朵般开放，当我们用诅咒和监管均阻止不了一个叫做"小三"的群落的增长，那么，我们是不是也可以认真地听一下她们的故事，思考一下，我们这个时代究竟哪里出错了。

之九·笑点太高

同事中有两枚差异极大的个案，分别是胡子甲和长发乙。胡子甲兄热爱摄影，喜欢宏大的一切，包括大场景、热烈的色彩以及让人激动的一切艺术或非艺术门类。然而此兄平时却沉默寡言，深沉度过高，完全游离于我们日常生活之外。他天生有旁观一切的心理素质，哪怕是遇到可笑之极的事情，他也会呆呆地看上一眼，一脸严肃地保持着他一贯的表情。长发乙是个杂志癖，热爱看一切杂志，从家具到旅游，从读者到知音，她音质尖厉，笑点极低，常常在阅读一本杂志的时候，突然一声长笑，将我们折磨得不知所措。

这两个人恰好坐在对面，这真是一个荒诞现实主义的安排。

果然，这两个人多年来一直保持着单身。尽管大家努力地帮助二人物色温度合适的对象，但是接下来，我们得到的是，连续不断的败仗结局。那些失败的结局的确丰富了我们的业余生活，甚至极大地提高了我们的想象力。我们乐此不疲地给他们介绍对象，一方面也缘自于我们对他们进展中故事的探求。另一方面，也是想知道，随着两个人对面而坐的时间的延长，会不会渐渐融化，从而组合在一起。

总之，我们这一帮人，打着帮助别人的名义，不停地用人家的故事满足着自己的阅读欲和八卦欲。

胡子甲的故事大体可以推测，遇到一个又一个女人，总是以他极强的钝感力，让故事停止在礼貌和好感中。我们用采访的方式记录下了他的大致过程，他形容颇好，对色彩的敏感让他的眼睛非常迷人，几乎，每一个和他见面的女孩都会怦然心动。然而，接下来的相处，会发现，他的生活及嗜好过于单一。他是一个单节拍的动物，不论女方表达任何好感，胡子甲均不能投入，哪怕他对女孩子很是满意，他也不能主动融入到女方欢喜的领域里。有一个小女孩，胡子甲动了心，试图改变自己。每一次约会，除了给她拍好看的照片，他发现自己手足无措，不懂得接下来该做什么。生活毕竟不是僵硬的，我们尽管热情地给胡子甲出了很多主意，但是，他总是轻易地看到幼稚、轻浅以及荒唐的虚伪。他能做的是什么呢，是深沉的指谬以及理智的旁观，一天走下来。女孩子发现，这个帅气的胡子甲，原来是根木头，太无趣了。

长发女的故事更为趣味一些，她摇摆多姿，风情万种，几乎是个乐活天使。她对生活细节的捕捉能力极好，像鸟类，她对色彩、气味、感觉以及男人的眼神都有特别高的敏感度，联想丰富让她常常觉得生活是可乐的，那个对自己感兴趣的男生只是喜欢自己身体的某个部位，因为他的眼睛一直盯在那里，她无法用话语转移他的注意力。这让她觉得特别好笑，忍不住，不得不说出实情，结果可想而知，她如此敏感，吓得那人撤退。她喜欢上一个经济条件稍好的人，她很喜欢和他在一起时的安全感，装了两天淑女后，一不小心便泄露了本性，是的，电视广告里的小女孩是好笑的，汽车突然停下时旁边人的表情是好笑的，男人吃完饭以后嘴角的残余是好笑的，饭馆门口的迎宾女的衣服是好笑的，总之，她将她喜欢的男人一点点惊讶到，慢慢地，对方觉得她幼稚、热闹，甚至神经质，而悄悄地溜走了。

时间像一块橡皮，将很多个日子擦去，却无法擦去胡子甲兄的沉默以及长发女的活泼，我们被他们各自表演的所连累，最后只好放弃了为他们物色对象。

时间总会将个体的一些细节进行修正，不知道什么时候，胡子甲和长发女开始恋爱，最后在年龄的逼迫下结婚。关于他们两个的婚姻，成为我们大家缄默的一个共同理由，因为，虽然结婚了，两个人在很多情况下形同陌路。长发女说，他笑点太高，我笑完了，他的思维还没有追上来。我们大家众口一词地安慰她，说，别着急，等等他。长发女说，其实，我已经等了他十年了，你不觉得，他进步太慢了吗？

他们最后离了婚，这真让人悲伤。

邻居吵架，是最好的播音节目。

办公室里的小妖精潘银莲描述邻居吵架的场景，十分"金瓶梅"，市井语言运用得可谓简洁明了，怎一个热闹了得。

讲完了，她突然忧伤地说，邻居家的男人虽然发了很大的脾气，但最后说的几句感动她至深，以至于她用圆珠笔写在了日记本子上，以备她下次和老公吵架时用。

那个邻居家的男人究竟说了什么呢？

我们都伸出头，想从潘银莲的脸上看出预告片来。结果，出人意料的沉默。她感性十分地说，她和老公吵架，当她拿出她写的那句话的时候，老公恼羞成怒，一把撕了。

那个邻居家的男人究竟说了什么呢？

我们都是执著的人，逼迫着潘银莲去记录每次吵架之后，那男人温情的表白。居然是一句又一句的电影经典台词。

一开始我们以为小妖精为了表达她有文字才华杜撰出来的，可是，架不住我们百般的质疑，一日，晚饭后，我们将唱歌的时间复制了一份，让别人唱去，我们跟着潘银莲来到了她的家里。等着邻居家吵架。

真是上天有好生之德，那天晚上，因为我们的期待，潘银莲的邻居果真吵架了，摔东西，用声音碰撞，乒乒乓乓之后，稀里哗啦之后，喘粗气之后，面红耳赤之后，终于，那个煽情男开始表演了。只见他一个箭步跨上去，在客厅沙发的侧面坐下了，在灯光下，他的表情渐渐舒缓了，他仿佛看到了春天的花瓣，啊，他又站起来了。然后，他又一个箭步跨上前去，来到了女主角的身后，用手轻轻地拍了一下她的肩膀。说，月光，你看到了，是月光。

女主角正在哭泣，将手边的一本书扔向他。

他大喜，捧着那本书，说，亲爱的，你看呢，这本书的名字，叫做，带我去吧，月光。

那女主角被他的话逗弄了，果然顺着他的话看向那本书，那本书一定不是男人所说的名字。只见那女人头发一甩，呈四十五度角斜贴在墙上，姿势十分地艺术。那个男人又说话了：我刚才发火都是因为，我没有看到月光。如果，我早一些看到月光，我一定会想到我们第一次见面的晚上。你知道吗？是月光，很凉，让我以为，你用手轻轻摸了我一下呢。所以，我才大着胆子亲了你一口，才有了我们的开始。

那个女人受不了男人如此的深情，突然蹲在地上哭了。那个男人将客厅的灯熄灭了，他们就着一室月光饮着他们的过去。

潘银莲看完这场演出，眼泪哗哗的，说，你们相信了吧。

我们自然是相信的，不仅相信，而且从那一天开始，我们还天天跟着潘银莲，问她，最近又听到什么感天动地的情话了吗？

那一年的春节，表演节目。潘银莲的节目获了奖，她朗诵了几段情话，那每一段情话，都足以挽救一段濒临破产的感情，所以，传播很快，转载率甚高。终于，我们将这些情话转载的次数做了一个统计，得出了一个排行榜，这个榜单十分惊人的权威。

排名第一的情话是：宝宝，我错了，怎么每一次都是你在我的身后划个叉号我才知道啊，我不知道下次还会不会再错，如果再做错，你就让我叫家长，或者直接开除我。但是现在，我饿了，特别的。

排名第二的情话是：吕桂花，吕桂花，你的男人叫牛三斤，牛三斤叫问一问，最近你还想他吗？

排名第三的情话是：睡吧，你知道的，闻不到你的味道，我睡不安稳。

之十一 · 男人都爱洛丽塔

在一个商场的休息厅做一个随机的采访。遇到一个耳机男，我借他的杂志翻着看，然后和他说话。

如果有人告诉你，你一定要找一个比你小十四岁的女人结婚，才能获得更长久的幸福，你怎么想？噢，对不起，你才二十岁啊，那真不好意思，你得找幼儿园大班的小朋友，等着她长大的这些年，你会很寂寞。不过啊，你可以学习鲁迅先生，是不是，多好啊，又可以留胡子，又可以给新青年杂志写写小说，就那么一直等到许广平出现，也挺好的，是不是。什么，你不想写《两地书》那样的书信是吗，你的文言文不好，可是你可以用网络语言写啊，多时髦啊。什么，而且你也不愿意在冬天的时候穿超薄的裤子来抑制自己的性欲。呵呵，这么隐秘的事情你也知道，你可真是个八卦男啊。

不过，现在有个特别好玩的事情，我要告诉你，你会不会笑场，具体情形是这样的，有一个叫做古牛的教授用了五十年研究男女的身体之事，他可了不得，精通易经，又喜欢爱因斯坦，于是乎，他一只手爱因斯坦一只手易经地计算，终于得出一个结论，那就是：请看大屏幕。

屏幕上的字幕出得有些慢，我复制过来：中国科学院院士古牛教授，以易经和爱因斯坦的相对论为原理，经过五十年的深入研究，终于找到了这一问题的数学计算公式。一个女孩，完全可以放心的嫁给一个大自己14岁的男人！

自然，古牛教授最经典的算式是这样的，在身体的层面，女人的身体永远是早熟的。他的经典算式是，男人是女人年龄的1.2857倍。

这一点，我们都有切肤的体会的，念中学时，一些男生们还朦胧着什么都不懂的时候，女生们已经开始打起长得好看的男老师的主意了，写暗恋的情书，或者没事的时候就往男老师的办公室里跑，便是明证。

古牛的基础说法颇有些道理。具体的来说，男女要想身体状态相当，那么男人的年龄应该是女人年龄的1.2857倍。也就是说，20岁的女人，和25岁的男人相当；30岁的女人和38岁的男人相当；40岁的女人和51岁的男人相当；49岁的女人和63岁的男人相当。

如果要年轻的时候就合得来，那么女孩可以找一个大自己5岁左右的男人。如果49岁时还合得来，那么就可以找一个大自己14岁的63岁的男人。当然也可以一步到位，20岁的女孩直接嫁给一个大自己14岁的男人，越来越合拍。

二十岁的耳机男，听我说完了我介绍的理论，笑着反驳了我一句。按你的意思是，我25岁的时候，要找一个20岁的女孩子恋爱，完了到我38岁的时候，必须换，因为年龄公式不对了，我必须得换成一个30岁的。再往后，我51岁的时候又得换，因为要换一个40岁的，最后到63岁的时候，还要再换最后一次，换一个49岁的。您是不是这个意思啊，让我一生娶这么一二三四个女人。您又不是开婚纱店的，又不是卖珠宝店的，更不是开婚纱摄影店的，你这是推广的什么理论啊，这样有劲吗。

我被他的反问弄得非常沮丧，是啊，他这个年纪，对所有事情都是充满着从第一次到永久的幻想，我该怎么向他来描述呢。我最后发现，我一点办法也没有，我无法让一个从来没有吃过苹果的人明白苹果的味道。我知道，我所有对苹果的描述，对于一个陌生人来说，都是对苹果本身的背叛，所以，我只好找另外的人。

然而，我都已经走了很远了，他突然叫住我，对我说，他找的女朋友比他小四岁，他刚才计算了一下，等他25岁的时候，女友刚好20岁。不过他最后又说，算你狠，不过，我不会让你的预测得逞的，等我38岁的时候，我一定会让她换掉的。而且即使换，也不会像所说的，换一个30岁的，我一定会换一个比我小14岁的，那多好啊。我可以重新再青春一次。

　　终于，他用本能的愿望表达了我采访的话题，14岁，原来，他还是喜欢洛丽塔。

所谓个人隐私，摆放在热恋的男女间，大概是说一种距离感。

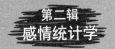

第二辑
感情统计学

之一·情色片

十八世纪的法国，有一个偷窥爱好者，他后来因为传播淫秽作品而被警察局调查，在现在的巴黎警察局的调查档案里，可以查到他的档案资料。他是一个奢侈家庭杜白蕾夫人的仆人，高而胖，他喜欢打听身边的人的各种八卦或淫荡的消息，用手抄在一个本子上，当有客人来访的时候，可以翻阅这些新鲜热辣的故事。个别阅读者，看过之后，有创作欲望，会再添油加醋。于是这个手抄本越来越丰富，在坊间广为流传。那个高胖的男仆从中看到了商机，雇佣大量的人手开始手抄这种故事，到各处兜售。竟然，最高的期发行量，可以卖到1700多份。

这种野史的片段，我们国家随手即可拈来。譬如著名的杨玉环兄的胸罩故事。在唐朝，女人以丰腴为美。杨玉环更是丰乳肥臀，深得玄宗溺爱。忽有一夜，杨玉环与安禄山有了苟且，大约兴致颇高，安禄山抓破了杨玉环的乳房。第二天要服侍皇帝的啊，该如何是好，于是，杨玉环发明了两个胸袋，造型独特而风情，等到玄宗来问，杨玉环用千娇百媚的舞姿掩饰，说是遮蔽比暴露更有情趣，自然蒙混过关。那个时候，作为中国最为时尚的女人，杨玉环的一举一动，都会像电视节目一样引起模仿狂潮，于是乎，几日之内，长安城开始流行女人戴胸袋，再后来，开始流行全国，甚至影响到异邦。然而，殊不知，这个时髦的胸罩背后暗藏着一段汹涌澎湃的婚外情。

我的朋友侠客是个情色片爱好者，但此君端庄大方，极为坦荡。

侠客婚姻幸福，从无绯闻。朋友圈子里流传他大约身体有障碍，所以热爱情色片，用意淫和荒诞的谈吐来弥补自己的不足。侠客也听过这大量的编排，总是哈哈一笑，并不极力驳斥。

有一次，侠客谈到感官刺激与欲望限制的关系，经典之至，打开了在座人的视野。他的观点是这样的，在我们国家，唐朝是两性最为开放的朝代，不论是宫廷还是民间，从未有关于婚外情或者淫荡而获罪的人。然而，唐朝却无任何关于两性快感的文字传世，明朝是对两性关系最为严苛的朝代，禁欲的理学统治或支配着整个社会生活，然而，明朝出现了最为经典的《金瓶梅》。人性总是在最为宽松情况下变得松散慵懒，而在被禁止的空气里活跃。日本有一个作家叫做谷崎润一郎，写到过日本新婚夫妇必须与父母亲住在隔壁。原因就是享受性爱被禁止的乐趣，隔壁便是父母亲，新婚夫妇要行床事，必须要咬紧牙关，忍住快感，不能被隔壁的父母亲听到。这种被禁止的快感，使得新婚夫妇对性爱有了更大的乐趣。

这是的确的，前不久，我看到过一个社会学调查，说是男女关系越来越疏远的原因是因为现在的双人床太大了。过去夫妻双方挤在一张小床上，身体的气息相互融化，感情保质期很长。而现在呢，床越来越大，双方的身体离得越来越远，感情也变得越来越淡漠。

因为不知这个调查的基数是多大，所以，我常常对这种调查存疑。但是，这个调查的角度非常趣味。这个结论总让我想到侠客，他最近因为写作了一系列关于情色电影的评论，而被社会各方面所诟病。

当我们已经成长为有独立判断的人，当我们内心需要某些食物却又担心这些食物中的辣椒会让身体出现病变，那么，我们一定要告诉别人，这些食物是有毒的吗？

不一定，有些食物注定是不能让所有人都吃的，而我们不能因为自己不能吃，而将所有喜欢吃这种食物的人都抓起来。

那多霸道。

1964年，有一个叫小野洋子的日本女人，在卡耐基朗诵厅表演了她的前卫艺术作品：《切片》。大致是这样的：她在舞台上随机挑选一些观众上台，让他们用剪刀将她身上的长裙裁成碎片，每一个人剪下一块，形状随意。直到最后，衣服被剪完，她全裸地站在舞台上。那年她32岁。两年后，她在英国伦敦又一次演出《切片》，吸引了台下坐着的约翰·列侬，两个人闪电结婚。

列侬在接受采访的时候说过一段动情的话，他喜欢小野洋子一点一点被裁剪的孤独感。

可以想象小野洋子演出的过程，当那些庸常的观众上得舞台，第一次切片，一定是将小野洋子的阴部的那块布剪掉，第二个人和第三个人一定是将乳房那块布剪了下来。

一个女人的身体被观众随意地排序，直到彻底赤裸，在灯光下，在寒冷的舞台上，一个女人除了孤独，不会收获另外的感受。列侬喜欢这种孤独感，他有大量的温暖可以提供，所以狂热追求小野洋子，并成功。

直到多年以前后，年事已高的小野洋子，又一次表演她的成名作《切片》的时候，她将自己的衣服写满了温暖而浪漫的字母，小野洋子希望这些字母被剪切下来后，送给自己相爱的人，以使得温暖被传递。

感情是相互取暖的过程，当一个女人的孤独被一个男人发现，那么，爱情便开始萌动。同样道理，当相爱的人的孤独经常被我们忽略，那么，感情的草地枯萎。

细细地忆念我们每一个人的感情历程，一开始，我们所关心的对方仅限于《切片》表演时的最初几个衣服的片断，分别是女人的阴部和乳房。时间的推迟，我们开始发现女人身体其他地方的温暖和美好。女人的手抚摸了我们青春的忧伤，女人的长发在暗夜里柔软了男人僵硬而叹息的现实，走向虚幻而美好的憧憬。还有气息，女人哀怨的眼眸，转身的姿势，甚至扑向自己时的甜蜜。

感情的历程像极了植物的生长和衰竭，一开始的葱茏如果被切片保存，我们会看到两个孤独的个体在茫茫人海互相寻找的姿势，这种姿势热情、单纯，充满了欲望和生机。随着两性的融合，除了风吹雨打的日常生活，果实是最为丰盛的切片。相恋的男女终于被一张纸装订在某个床上，新鲜的春天过去，夏天的热烈让两个人彼此嫌弃，是爱情的果实吸引着男人和女人在同一块土地上共同生活。直到有一天，男人或者女人突然遇到另外泥土里生长的植物，被风吹到了那块田地里，有了背叛，和另起一行的生活切片。

爱情是男人和女人用切片拼贴的一场梦境。但梦境毕竟会醒来的，醒来以后的男女该如何维持那梦境里的浪漫和温度。将美好时光里的"切片"好好保存好，适时地悬挂在各自的内心里，用合适的孤独感来吸引对方，允许对方将切片丢掉，但同样，也要适时地捡起对方扔掉的属于你们的"时光切片"，等到对方迷失方向的时候，将这些切片还给他。

我想，我们每一个人都会被自己的切片所找到，丢失了自己过往切片的人，迟早会回来。不用担心，因为，如果他们不回来，他们会迷失方向，并最终丢失自己。

我的朋友和尚是个出色的单身青年。他有车有房有理想，每每被身边的女人迷恋。

然而一旦谈及婚姻，和尚总是像触电一样陷入恐怖。是婚姻的成本让他感到不安。他的理想是做个隐居在城市的艺术天才，画大众并不理解的画作。他抵触世俗层面任何审美和审丑，总之，他的理想就是释放自己的天才，自由地活着。然而，婚姻总是意味着要牺牲掉这些，要陷入日常生活的琐碎中，挣扎在物质的斤斤计较中，让他厌倦。

现实是，他终究会遇到一个融化自己的女人，她有湿润的眼睛，可以依靠的微笑，以及完全温暖的内心。和尚被一个叫婷婷的女人打动，第一次想牵着她的手，走得远一些，更远一些。

那么，只好付出婚姻，约束自己的同时，也完整地拥有对方的爱恋。

和尚现在的房子是一个五十平的一居，婚姻要求他必须另购一套婚房。和婷婷商议完之后，两个人将各自所有的积蓄都拿了出来，可以贷款买一套大房子。然而，让他们感到难过的是，房贷政策出现了新变化，这变化稍显恶意，对购买第二套房子的人几乎仇视。如果和尚和婷婷结婚以后再买房，那么，因为和尚已经有了一套房子，哪怕和尚将这套房子卖掉，他们再购房也算是第二套房。第二套房子，不仅首付要提高百分之三十，房子银行贷款的利息也提高了很多。和尚和婷婷计算了一下，如果婚后购房，那么，他们生生多拿了近三十万元。

这无疑是一笔意料之外的预算，和尚无论如何也想不到，他所热爱的国家在他结婚的时候，要敲他一笔隆重的竹杠。

经过温暖而彼此信任的协商，两个人决定先不领取结婚证，推迟婚期，然后共同出资将房子买下来。显然，这个时候，两个人只能以婷婷的名义来购买婚房。因为和尚的名字已经用过一次了，感情的温度远远超过了日常生活的这些琐碎，一点点利益算得了什么呢？

和尚忙碌着去银行申请贷款，然而，在银行里，他遇到了爱情的另外走向。一些和他有着共同愿望的人是如何降低成本的呢，假离婚。一些需要购买第二套房子的夫妻，为了少付首付和贷款利息，先假办离婚，然后等房子贷款批复下来之后，再复婚。然而，一旦离婚，便会出现变化。感情被一套房子拆得七零八落，终于成了孤家寡人。

和尚反复被银行的职员提醒，没有结婚，就将房子划到恋人的名下，对方如果变心，财产无法分割。

和尚一开始不予理会，认为别人恶俗，拿他们热烈而诚挚的爱情和金钱相比较，实在荒诞。然而，到了房地产公司，才发现，那些亲密的恋人竟然拿着公证书前来购房，他们用现实主义的态度对待彼此，理智得残酷，公证书上写得明晰，如果分手，房产应该如何分配等等。

也有一个做律师的朋友，在吃饭的时候，反复劝和尚，说，你们最好还是签个简单的协议，要不然，就让婷婷打个借条，证明，这套房子的一大半的费用，是和尚付的。

和尚是个多么理想主义的人啊，他自然不予理会。

然而，不知怎么的，在和婷婷的相处中，和尚的内心仿佛多了一点点灰尘，那是这套房子里的灰尘，无论如何也打扫不干净。

婷婷仿佛也变得敏感起来，一说到婚姻，说到房子贷款办下来以

第二辑·感情统计学　47

后，婷婷便觉得自己的尊严受到了伤害。两个无话不说的亲密恋人，就这样，被一套结婚的房子硌痛了。

原本对婚姻有无限期待的和尚，这次终于又遇到了婚姻成本的问题。他开始发现婷婷的缺陷，对自己无限温暖的身体正在被她自己的敏感遮蔽，两个人有时候不约而同的心情不好，像两只小刺猬一样，想要相互取暖，却被对方的刺扎到。

一开始，和尚所预算的婚姻成本不过是要付出时间、牺牲自己的小部分理想，甚至是将自己变成爱情中的平庸者，以融化另外一个身体。现在，他才发现，原来婚姻的成本更多的是物质的层面，是房子，是生存的宽度，是彼此互相打开心灵所要承担的金钱数额。

和尚有一天喝醉了酒，哭了，说，他和婷婷的房子贷款批下来了，但是婚姻却无限期延长了。婷婷将钱还给了他，说，他有些犹豫，这伤害了她。

我们看着和尚，无法安慰他，只是觉得，婚姻的成本，原来总比当事人所预料的，要多一些。

之四·偷情问题业余研究报告
读书人的事情，怎么能叫偷呢

　　和女同事们开玩笑，问她们有没有半夜偷菜的经历。所有开通了QQ农场的女性均明晰承认，仿佛要趁机表明她们除了工作之外还有擅长而明确的热爱，以便融化到接下来的谈话中。然而，她们无论如何也没有预料到，我的问话是一个阴谋。我将手里的报纸打开，翻开情感版，加粗加黑的标题让她们惊呼上当：半夜偷菜的女性都有偷情的潜在危险。

　　这自然是标题党，我们也都知道，唯恐天下不乱是现今纸质媒体的通常作派。将一个有百分之一可能的小事情用放大镜放大后，放到了报纸的版面上，而后引起所有人的关注或者议论，就算是成功。

　　然而，抛开点击率和标题党，风吹过来的那些话尽管有大量的信息丢失或者误传，但它总有一些影子作为根据。

　　根据果真找到。

　　报纸的版面刚过两天，八卦中心常务副所长美人鱼来短信，说，你那天的那个报纸上的标题还真灵验啊。她的一个闺蜜这两天正闹离婚，原因就是偷菜的时候顺便将对方的人也偷了。

　　美人鱼是个口述能力极强的人，但在文字表达上极没有耐心，尤其是手机短信上面，她几乎缺少最基本的语法通顺能力。

　　不得已，午饭的时候，和美人鱼一起进餐，吃青菜的时候，听她说那些偷菜的乐趣，包括一个男人种了所有的玫瑰花，留出数字合适的花束等她去偷。包括暧昧的留言，那些留言像极了琼瑶兄的言情剧台词，大体是这样的：我用了好长好长的思念串成了一个珠链，送给你，不，不是送给你，是要将你拥抱在一个命运的圆里。那么多光滑的珠子，每两个相连的珠子，都是我们拥抱的姿势。唇齿相依，唇齿相依……

这个世界有很多动人的规律，那就是，不论男人的年纪长到多大，他永远误以为自己比实际年龄小几岁。还有，就是，不论女人的内心有多骄傲，她仍然无法拒绝一个根本不着边际的赞美。也就是说，女人根本无法抵抗赞美。

当一个男人，在深夜，种了玫瑰，十分执著地等着她来采摘，并适时地用话语的咖啡增加夜色的浓郁，故事便有了深入的可能。

自然，我深信，如果做数目繁多的调查，关于女性的温良与美好，一定会有大量正襟危坐的女性让男人觉得活着是一件很安全的事情。可是，夜半还起床偷菜的女性，在自身的磁场里已经陷入某个欲望的怪圈，除了想多偷些菜之外，更多的，引申为女性对刺激的参与热情上。日常生活的乏味让一个内蕴丰富的女人无法抵抗这样的诱惑，往陌生的空间里去探寻一下，看看野地里的菜成熟了吗？看看寂寞的男人操持着什么样的字词？看看这个世界究竟是不是有糖果永远在某个温暖的地方等着自己，去吞食。

美人鱼的讲述让听众们一咏三叹，做过晚间节目主持人的美人鱼很是知道在讲述故事的时候，该在哪个环节停顿，又或者在哪个悬念上留下缺口，让大家来猜测。她真是一个讲述高手，将一个庸常的偷情故事声色并茂地变成了精彩的文学作品。

偷了人之后呢？

我们关切地问美人鱼。我们这等俗人，自然不想回到家里自己苦思冥想那多种可能的结局，想一下子将这个故事收紧了，省得分心再思考别人的人生。

美人鱼说，一发而不可收。身体上的事情，男人女人怎么能说得清楚啊，反正二人现在是死也要死在一起了。

想不到，仍然是一个琼瑶故事的结局。

女人一旦进入家庭，就像一个词语进入一个句子一样，不能反复地变动和逃离，不然的话，那句话就会有语病。

然而，如果是一个深夜还想在农场里偷菜的词语呢，那么，它一定会遇到词典里糖分更多的词语，或者比现有的家庭更有体温的词语。

这个时候，无法批驳这个词语的对或者错，只能说，这本来就是一个视词语为儿戏的年代，何必认真地摆放这些词语呢。

大概真的是因为偷菜的男人最后开始偷人了，所以，最近国家有关部门开始出台一个相当八卦的规定，那就是：读书人的事情，怎么能说是偷呢？按照新规定，在农场游戏里，偷菜不能叫做偷菜，而是叫做摘菜。

这样就好多了，如果是因为偷菜而偷了人，那么，我们只能说他们摘菜多了，生了感情，自然而然地相爱了。而不能说，他们摘菜的时候，还摘了一个人。

之五·公交车爱情生态

经常在公交车上会遇到谈恋爱的男女。他们有难以掩饰的气味，一上车便会被人注意到。

我相信恋爱中的男女和失恋的男女身体上散发出的气息是不同的。恋爱中的男女所走的路是热烈的，所进的食物偏于甜蜜，所关注的事物是近身的。他们的精力都被对方的眼睛吸引，彼此乐于活在对方的眼神里，不愿意出来。所以，他们的气息单纯，说出来的字词只停留在彼此的爱好上，近乎矫情，却也温暖。

而失恋的男女则有相反的气味，孤独感让他们仇视身边的甜蜜事物，他们想冒犯日常生活。他们刻意背叛大多数的立场，所以，他们身体冷淡，不关注个体以外的任何色彩，显得卑劣。

相比较，我喜欢恋爱中的男女，他们幼稚，相信一切皆有可能。

和一对恋爱中的男女坐在一起是幸福的，他们很容易发现散落在日常里的美好。我有这样的体会，如实录下：

身边坐下来的恋人，男的瘦高，女的轻舞，般配十分。公交车停在红绿灯口，女孩子兴奋地说，你看看红灯的时间，怎么停在了三十七秒。男人笑了一下，像是在一瞬间忆念了他们关于三十七这个数字的过往。是三月十七日两个人相识吗，还是两个人亲吻过三十七次。

公交车走到了一个公园门口，旁边的商店名字有很诗意的，叫做三十七度，又一次让他们注意到。

新上车来的乘客中，有一个红裙子的女孩。男人指着那裙子，对女孩说：你看，像不像去年夏天在海边的你。那是一条普通不过的红裙子，但在城市的公交车上，这种红像极了秋天树林深处透出的夕阳的红，有婉约的美感。

公交车电视广告上正在做一个速成的食物。女孩子边看边说着她的理想，给男人也做一份这样的食物，说得温婉可人。那男人也表现出期待的模样，但突然他说了一句，这种速成的食物还是要少吃，因为那天我看杂志有一篇文章就说到，吃速成的食物多了，会对感情不能持久。女孩子吃吃地笑了一下，小声说，你又不是能持久的人。

说完女孩子觉得说错了话，伸了一下舌头。

红裙子下车了，电视新闻转成了房产广告。窗外是一条河，河的名字大约并没有明确的提示牌，女孩子问，这条河叫什么名字啊？

男人看了一下，答，是护城河吧。

女孩子笑了，说，就知道护你自己，为什么不是护云河呢。

男人大约没有注意到这些，他名字里定是有一个城字的，而女孩子也一定是叫做云的。

男人便也跟着笑，有些傻，打趣女孩子，说，你就是一片护城云。

女孩子连忙撒娇说，那你是护云城。

男人郑重地点头，说，决定了，我的城市就是一座护云城。

两个头靠在了一起，卿卿然而忘我起来。

而我，就坐在他们身边，我看到了他们所看到的一切事情，却在内心里没有任何感触。甜蜜的联想，必须源起于一份甜蜜的感情。这是我在公交车上，受到的教育。

之六·爬墙中，尚未出来

民间叙事方式日渐多元化，被二元对立思维方式约束的生活正渐渐破产，这是经济发展的一个最为伟大的功劳。

在饭局上，如果我们问一个姿色稍好的女人是不是有理想离开她的男人，她极有可能会幽默地来一句："爬墙中，尚未出来。"

相对于过往极力保护自己的外在形象，忠贞、清洁，甚至有话语的洁癖，不允许对方有任何语言的冒犯。现在的生活语境仿佛没有了基本的底线，纸质媒体、网络以及影视剧将传统而拘囿的传统生活围剿。那些紧绷在意识形态里的贞洁感日渐式微，尤其表现在影视文化上，一些暧昧而充满挑逗的台词不仅没有让人误解，反而扩大了那话语的外延。

那么，这到底是底线的堕落，还是我们的思想宽容度得到了扩展？

"红杏出墙"，这在我们传统的文本或者话语里，是一个被定罪了的灰色词语。几乎这词儿的背后必会有一连串的窃窃私语，否定、审判，甚至是鄙视。

在一个忽视本质只注重外表洁白的年代，这种逻辑其实稍有些荒诞，哪怕是婚姻的内里已经破败不堪，但在外表，还必须装饰上花朵般的微笑。这是我们过去对待一切生活方式的基本逻辑。

而我们真实的内心应该被什么样的逻辑来保护呢？

婚姻或者情感是餐桌对面的两个人的一种无缝隙的交流过程。当两个人吃饭的时候，发现对面的人突然陌生，或者已经无法将这餐饭进行下去。那么，基本的逻辑是，两个人要将缝隙尽力缝补好。可，总会有一些缝隙无法缝合，那缝隙被风吹得干裂、布满灰尘，最后成为一道无法逾越的感情的沟壑。

感情是一个生态场域，如果不能生长，那么，它一定会找另外适合生长的环境或者语境。男人和女人的出轨，多数都缘自于一道无法逾越的沟渠。

恰好，我们在聚会上遇到了这个在饭桌上被缝隙击溃的女人，我们和她开玩笑，她幽幽地说一句：爬墙中，尚未出来。想来也是一件值得原谅的事情。我们应该温暖地对待那些来自内心的叛逆，而不是凭着自己的喜好打击她，占人家道德的便宜。

美好的是，在乱轰轰的道德滑坡中，大家也不再关注个体范围的身体和情感背叛，在过去的语境里，一桩感情的破裂会成为宏大而热烈的社会新闻，事件中的男方和女方在很长一段时间内会成为整个社会批判的对象，甚至会影响到个体最为基本的生存。而现在，剧烈变化的社会形态让大家越来越淡漠，又或者是大家变得越来越宽容，哪怕这种宽容是被动的，那么，从大的方面上说，这种宽容，仍然让感情场域里的男人和女人有了更为隐秘和独立的感情相处空间。

背叛感情的男人不再是陈世美，他可能因为内心有了真爱，而需要培植新的爱情的芽苗。背叛感情的女人不再是狐狸精，她可能找到了新的温暖，那样，她才可以生活得更美好。

感情的事，像鞋子一样，我们不能因为自己喜欢小号的鞋子，就硬生生地要求别人穿上来取悦我们的审美。

当那个人说出"爬墙中，尚未出来"的时候，我们不要嘲笑他，或者，他是个充满暖意的人。

之七·八英尺以上的距离

　　所谓个人隐私，摆放在热恋的男女间，大概是说一种距离感。我个人认为，即使是离开对方一刻钟都会觉得身体饥饿，那么，也要在某个领域里保留自己独特的空间，这样的距离感会保鲜两个人的感情，会让对方觉得，爱恋可以因为个体的独立而稳妥，走得更远。

　　樱桃不同意我的观点，她有贴近男人心跳的嗜好，觉得，感情是一男一女挤压隐私的过程。如果一个男人无限喜欢一个女人，那么，一定会将兜里的东西掏出来，手机短信读出来，将内心里的喜欢用这种近乎辩解的态度表达出来，让女人觉得甜蜜，觉得这个男人是一个私有物。

　　樱桃大约正在享受这样一个男人，她喜欢用喜欢这样一条绳子，将男人拴在身体上。每每得意于彼此的气息交融。樱桃说，她喜欢的男人是不能有从前的，如果实在非有不可，也是要打开给她看过，经过她打黄打非一样清洁的标准审查过后，认为这段个人史已经在男人的内心里成了一块风干的水迹，那么，便不再追究。

　　她如此热爱纠缠恋爱中的坦诚，让我为她担心十分，果然，过不久，因为一则发错了的短信息，她大动干戈，误解，加上不容对方解释的强悍，伤害像雨湿透一张信笺，字迹模糊后，不可复制。

　　樱桃的干燥生活开始。失恋，让她学会了妥协。譬如，新的男人依然被她拴在想念的绳索里，但是，她给自己设定了一个距离，无论如何，不翻看对方的手机短信。然而，事物总会有多个层面。短信里的空间保留了，另外的呢，譬如，换洗衣服的时候，那个餐票旁边的收据条，竟然写着如家快捷酒店的名字，钟点房，中午的时间，他一向是不回来的。缝隙被灌入混浊的水，没有距离感，总会引向恶意的猜测。樱桃果然又停下了一段恋情。

直到后来，她知道了真相，那个酒店的收据条不过是公司的客户临时休息所开，作为公司的财务负责人，樱桃的恋人去帮客户开好房间并结账，这逻辑通顺不过。

樱桃将过往的感情夹在几个日记本里，用一个蓝色的绳子捆绑起来，放在了地下室里。想过要烧掉的，觉得那样过于文艺了，便当作一堆垃圾堆在了地下室里。

这一次，她觉得自己对感情的认知成熟了。她一副过来人的样子，不再斤斤于那些初恋的细节，对男人的判断也有了大的差异，更看中的是精神上能不能打开她。

她以为，自己经历了多个男人，已经沧桑得可以写婚姻简论的文章了。可是，一旦陷入，她立即发现了自己的幼稚。她喜欢上一个长她十岁的男人，这个男人对她一切都好，就是从不粘她，该离开她的时候，连看她一眼都不看，转身就走。她在日记里分析她们的感情，觉得自己像个妓女一样卑贱，十分难过。

忍不住，她与我交流，我正好拿着一本北岛的散文，他写到一个叫做谢德庆的台湾人，他有一个行为艺术作品，是一个美国女艺术家，用一根八英尺长的绳子拴在一起，两个人约定，不论做任何事情，都不能解开绳子，要持续一年才算完成作品。结果，两个人在一起工作，会客，购物，包括大小便及洗澡。等到一年之后，两个作品完成的时候，两个人已经成为仇人，没有隐私和空间的生活让两人彼此仇恨，分开的一瞬间，女艺术家扭头而去，声明，这辈子也不想再见到谢德庆。

这个行为艺术虽然有些荒诞，但却从一侧面说明了没有距离的生活多么恐怖。

樱桃抢去了我的书，一边看一边自言自语地说，噢，看来，还要超过八英尺的距离才行，这可是真难。

之八·试用装

我想赞美一下同事路人甲的新版女友，据说，她有个好听的网名，叫做蒙太奇，而且，她是个购物狂。

然而，让我感到惊讶的是，她的购物癖好实在怪异，没有试用装的物品，她看也不看。饮料，要试喝一口才行。酸了不行，那太刺激胃了，刺激胃怎么了，会影响到表情啊，太酸了，必然会皱眉头，皱眉头又必然会使脸部的肌肉紧张，有损皮肤人自然美啊。太甜了也不行，太甜了，会影响味觉，一口甜甜的饮料吃下去，再吃任何食物都觉得淡，就好比在电视上看到了周润发的上海滩时代，而无法再饮用其他男人的面容一样。

她说得真像台词，一问，果然得到沉重的答案。她的原话是这样的：其实，我是个演员。

我的同事路人甲，作为资深的编剧，一边用手刮她的鼻子，一边笑着掩饰，说，其实，她就是一个死跑龙套的。

有一天，蒙太奇兄突然闯进我们办公室，人手发一份表格，上面ABCD许多项，为了让大家填写，她荒诞地用手机将正确的答案群发我们每人一份。

完了以后，她用小微风一样的笑脸收走了那些表格。那些表格全都涉及女人的隐私，很多项内容，我都是第一次阅读到。比如乳房尺寸和饮食中的甜淡有无关系。

我被此种趣味的题目吸引，觉得，世界真是丰富啊。原来，还有这样比考公务员要容易得多的试卷，苍天啊大地啊，当初，我怎么就遇不到这么香艳的试卷啊。

蒙太奇这种行为艺术式的调查表格最终为她换了二十余个免费的面膜。据说，那面膜有无数种珍贵的草药，价值颇为不菲。

自然，这是路人甲在后面的解说。

关于对一种食物的试吃，或者对某种物品的试用，是近些年来才出现的形态，或者说生态。之前，大家都处在一个温饱阶段，你让我试吃，我狼吞虎咽，热衷于试验那些食物在腹中的充实感，而往往忘记食物的味道。对，猪八戒兄就曾经擅长此事。然而，时过境迁，猪八戒在高老庄住下以后，有了积蓄，慢慢地也开始讲究礼仪。这个时候，如果他再次遇到试吃，一定会节制而自控，矜持而礼仪。

如果在一个公众场合，比如商场，男女一起买衣服。喜欢试穿的一定是女性。这里暗含着自我观察。

试。这个字眼靠近暧昧，像吃饭时男人和女人突然交换的某个眼神。大约，以后所有的故事情节都和这个眼神密切相关。

试吃，那种片断的琐碎的甚至是匆忙的片断，并不能代表整个食物的风味，甚至，在声音繁杂的现场，试吃者本人的味觉并不一定会准确。但彼时，试吃者却在公众面前有了判别一个物事的权利。这种自我意识的萌发像在镜子前试穿一件新衣服时发现了新鲜的自己一样，是对自我的重新修饰，是对身体以及个人气息的重新发掘。

可以想象蒙太奇在镜子前反复摆弄一件花裙子时所收获的目光，以及像在电脑里PS自己照片一样的重新发现其他颜色修饰的自己。所有这些，都和身体里的某种荷尔蒙有关联。那是一种萦萦在内心里的快感，像男人眼神突然杀将过来的那种欲望，有些甜，又有些模糊。

蒙太奇兄最近在试用一个新品牌的护发素，她在网上填了一个半小时的表格，人家果然给她寄来了试用装。她用完以后，觉得特别美好，买了几套，送人。

我们都开始担心同事路人甲，我们开他的玩笑，说，你大概也不过是蒙太奇的一件试用品吧。只是，我们不知道，你的试用效果是好，还是坏。如果是好的话，那么，她会不会也将你送给她的朋友分享呢？

话音未落，路人甲便接到了蒙太奇的分手短信。

她果然试用上了新的男人。

喜欢试用装的多是女人，而且，如果一个女人对试用东西上瘾，那么，暗喻着，她身体里有与众不同的荷尔蒙激素在起作用。生活中，一定是有特殊的磁场才会让我们做出一些与众不同的事情来。蒙太奇是一个。

其实，她是一个死跑龙套的。路人甲恶狠狠地说。是啊，人家跑完龙套以后，会去找可以试用的食物，用来填充丰富的人生。

唉。

前些天在酒桌上常常学习男女知识，果然，勤奋总有斩获。我由于十分热衷于学习如何才能打动女人等弱智招数，而终于获得了一个"六万"的荣誉称号。

六万，显然，它是一个代名词。和钱财无关，它仅仅是指时间。传说中，男人和女人同时进化，但是男人进化的速度总是慢一些。从史前到现在，我们普通意义上的男人比同代际的女人进化晚了五万年。

正是由于男性普遍比女性晚进化了这五万年，才会造成当下的感情现场，混乱、物质、动荡。

然而，那天酒桌上的玩笑马上就转移到我身上，他们以绝对权威的方式强行裁定，如果大家都比女人晚进化了五万年，那么，综合我的表现。显然，我比女人们晚进化了六万年。

由此，"六万"这个词语诞生。

"六万"，它差不多等同于"生猛"、"幼稚"、"无耻"等单位元素的混合物。

大多数男人是融化在这个世界上的，他们面目模糊，因为都是五万，他们不过是被分配了不同工种，或者穿了不同衣服的工序中的程序员。它们按照日出或者日落的原则在程序里行走，在日常里一年年老去，成为标本一样的生命个案。

如果将"五万"比喻为庸常、靠近正经或者传统的人生公式的话，那么，一定还会有这样的一些人，他们精通该如何摆脱庸常的方式，甚至也在黑暗的时光里熟悉过通往"六万"的幽径。但是，他们往往用诗词语中的上半身部分、经书和戒律中的腰带的部分，将自己勒死在庄严而神圣的事物上。这些人自然就是传说中的"四万"，也就是说，他们通过自我完善，用美好的字眼修饰自己，刷牙洗脸，洗手擦屁股，均做得很好，终于在女人面前有了体面甚至是可以信任的位置感。

然而，这样的男人多数会有虚无感。当看到一个肉欲的女人的身体时，明明内心里有煮沸的开水半公斤，却也要念诵冷静的知识。要讨论可耻的事情，同时还要表达自己的学养。

而"六万"通常不需要如此禁欲，"六万"用后退的姿势打通一切，比如我，我曾经在一个即时聊天工具上签名，不与胸部不好的女人聊天。

这种签名的确"六万"，它不仅仅是没有文化，甚至粗俗。

但是，我总觉得，我过滤了那些个装腔作势的无聊女人，我们一生的时间总是有限的，我们为什么要虚伪地在一个陌生人面前扮演学识和考究，而其实，我们内心就是一个地道的流氓。

所以，当大家哄堂兮兮地看向我，并为我的"六万"而感到委屈的时候，我有了一种无法言说的快乐。

"六万"，在这样一个婊子穿着衣服在课堂上讲道德经的时代，它简直有着光芒。这是多么珍贵的一个赞美啊，差不多，我获得了词典里的这些词汇：忠于自己、坦率、勇于表达、知行合一、不装逼……所有这些备用的注释，都通往旷达的遥远，甚至是理想的飞翔。

进化论本身就是一个可疑的人生参照。然而，就以此为参照，我也更喜欢后退的姿势。

迟钝一些，便有更多的空间来容纳生活里的屑小的尖锐和不值得理会的抨击；后退一些，便可以看到那些争夺荣誉的人斤斤于世事的荒诞。

　　"六万"多好啊，我喜欢粗糙一些，没有文化一些。且坚决不与这些进化得有教养的人为伍，那样，总觉得不大好。

之十·给范冰冰的一封信

范兄冰冰，你好。

最近，我十分喜欢你。因为，你穿了好看的衣服。是的，我是在一期时尚杂志看到的你的新造型。在那册办给女人看的男人杂志上，你一会儿排成一个人字，一会儿又排成一个一字，十分生动，对，换个词语形容，是，你搞笑了我们。

你的造型大约有三种，分别是李小龙、超人和猫王，我最喜欢侧面的李小龙照片，你的手指摆放的位置微妙之至，我喜欢。

最好玩的，是，这期杂志上还全文发表了你给我们所有男人的一封信，在信里，你几近诚恳地透露自己的个人信息，比如，你有年幼的弟弟，比如你有婚姻恐惧症，至今未婚。你甚至在信里希望能遇到一个有医学效果的男人，大约需要他踩着七彩的云彩吧，来到你的面前，将你的恐婚病症治好。

然而，在你的这封著名的信里，唯有这么一句话，让我颇感不爽。我抄录如下："我理想中的你们，是胸怀宽广的，具有字典或百度知道一样的学识和不多说话的幽默感。"

当然，理想总是要完美一些，这本无可厚非。但是，我看到的却是你的自相矛盾。

我想先类比一下，我们不能要求一个做家具的人，做一个木柜子，又必须有不锈钢的光泽。这个世界上，许多本质纯朴的真理被知识和虚伪的道具修饰，比如你的这个理想。

作为一个女人，理想的男人胸怀宽广，这无可厚非，但是具有字典一样的常识和不多说话的幽默感，这几乎是一对无法调和的矛盾。

我无意绝对化一个事实，这个世界上一定有常识渊博却默默无闻地做最为基础工作的人，这些人让人崇敬。然而，现实生活中，如果有知识渊博的人，他必须要多说话才行。不然，他渊博的意义何在，活着，如果只为了填充自己内心的寂寞，渊博是一种罪过。渊博的人如果不能给他者提供营养，却在一个浮躁的社会里隐身，那简直是一个罪人。

　　又或者，我可以从另一个角度来批判你所谓的渊博吧，如果一个满腹经纶的人，天天装逼地旁观人世，像事后诸葛亮一样高声唱：漫漫长路远，冷冷幽梦清……冷眼看世间情。这就是所谓的理想男人吗？

　　心口不一。

　　因为这样的男人太装了。何必这么受制于字典和学历证书，何必这么受制于过往的荣誉和居住小区的环境呢，男人本身的气味呢？人本身的气味是最重要的，是的，我在这里想和你说一下，后天修养成的东西终是衣装。一个男人如果先天的性格不足，后天装进身体里的学识越多，就越危险。具体的例证多得像每天的南方都市报那么厚。

　　不是有句著名的话吗？流氓不可怕，就怕流氓有文化。

　　我是一个男人，且又受过大学教育，但我对你说的这两条理想比较悲观，因为，所谓的学识不过是生存层面的东西。比起天分中的任何一个，比起个体身体里的任何一度体温，他们都是苍白可笑的，也是浅薄的。

　　而且，幽默感并不是一种刻意的节制。相对于日常话语，幽默感是一种思维方式上的背叛，时而打破我们的视觉效果，时而打破我们的味觉，时而又打破我们的触觉，所有这些都是一个有缺陷的男人做的事情。

　　也就是说，一个具有幽默感的男人，几乎都是在某个领域有些偏执的，这样的人放弃掉德智体美劳全面发展的机会，专注于某个属于他自己的领域的结果。

这也是我今天最想说的话，如果一个男人可爱，不论他常识渊博，还是有幽默感，那么，有一点必须肯定，这个男人必然有让人一目了然的缺点，这些缺点如果不作无限的放大，那么，将成为这个区别于其他人的重要证物。如果非要按照百度知道和字典的标准来要求这些男人，那么，这些人显然，不是理想的人选。

然而，你所谓的那些的理想人选不过是你的意淫。即使是有，也是短时间内化妆出来的，等剧场散场，男人回到了他们自己身体上，缺点暴露，难过的是你自己。

所以，我写下这封信。只是想告诉你。

偶尔穿上李兄小龙的衣服，摆几个姿势，那是好玩的。但是如果真的让你就此按照李小龙的造型，生活下去，你会觉得生不如死。

理想的男人也是如此。任何时候，任何女人的理想男人都不可能是舞台剧中的人物，他们首先要是他们自己，有着别样的优点和缺点，有着善良的底色和赤诚，就好了。

如果你真的想找到理想中的男人，我觉得，先少列几条框框会更好一些。

男人这种植物，若是喜欢在一些框框里生存，那么，这个人一定是可疑的。

希望你能遇到踩着七彩云朵救你的人，对你说，我肚子里装了三本字典，但是，我就是不爱说话，且，我又很幽默。

此致。

曼福不尽。

我经常自问，如果有一天，我帮助了一个小女孩，她长大了爱上了我，脱下衣服，我会不会和她上床。

我真的很无聊，我承认这一点。

有时候，我还会问自己，如果我被扔在三四十年代，被日本人抓起来了，会不会做叛徒。我甚至用思想的针锋捅向自己的指尖和身体，想办法让自己进入逼真的疼痛，结果发现，自己没有当叛徒的潜质。

年纪越大，对什么是好的和什么是坏的越模糊。

我越来越喜欢看清楚那些坏人的本质，杀人的，偷窃的，诬陷别人的，恩将仇报的，我想知道在人性的阴暗处，是什么样的生活情节扭转了他们的人生走向。

我的博客曾经奋不顾身地跳往肉体里，情色不已。

我收获了不少身体的温暖，至今尚未案发。我知道，有不少认识我的现实生活中的朋友偷窥了我的那些身体历程，这真是一件尴尬的事情。因为表面上，我知书达礼，有许多身体经历远远伤害了他们对我的美好想象。

我觉得真是罪过。

但我并没有因此内疚，因为，我有个人的底线。

在那段表演的日子里，有好多枚网络上写手抄袭我的博客，最好笑的是，有一个八零后的孩子抄了我的文字，骗取了一个女孩的欢心，竟然还骗了那个女孩子一万元钱，然后消失。

我不知道那个女孩子是如何发现骗她的人是抄袭我的，和我联系。问我能不能提供那个骗子的联系方式。

我恼怒至极。

其实，当时的我，和那个孩子一样，也借了不少女人的钱。是的，那时的我疯狂地想在凤凰拥有一套房子。我借了三个女网友和现实生活中一些朋友的钱，借款数额近十万元。有一个网友，我们连彼此名字都不知道，至今我仍然不知她的真名字，更不用说正式地给她打借据。

最初，我说不清楚当时的心态，彼时的我刚刚辞职，也曾在某个瞬间想过，我是不是也可以在最恶劣的条件下消失。可是，当我有这样想法的时候，我的心会疼痛不已。我觉得，我被自己这种恶劣的想法刺破，变得陌生和窘迫。

我不能容忍哪怕只有一瞬间这样想的自己。

这是一个人做人的底线，我经常在自己步入黑暗的那一刻感受到自己的善良。不是吹嘘，更不是虚荣地自我标榜。这是来自母亲小时候的责打。

每每占别人的便宜，便觉得这个自己的尊严被别人的目光掌握。（当然，占自己亲人爱人的便宜不能算）

我经常在一个妓女问我话的时候意识到自己本质的那些乡下人的懦弱和善良。我不是鄙视她们的工作或者身体的肮脏，不是的，我觉得一个妓女和一个作家分不清楚谁更高尚，是我自己在那一瞬间找不到自己，我不知道应该如何说出第一个字。

因此，当我看到那个抄袭我的孩子竟然用别人的文字骗钱骗色的时候，我的第一感觉是，此人可以拉出去毙了。

我能容忍一个人自私，打小报告，小气，挖鼻孔，不洗头发，找妓女，但，我不能容忍一个成长中的孩子连自己的底线都没有，贪婪到没有尊严的地步。

在我的底线里，有四种人是不能接近的：一个不孝顺的男人是没有根的，一个对朋友说话不算话的男人是没有义的，一个拿了钱财不忠于工作的男人是没有信的，一个获得了女人的温暖却一点不珍惜甚至为了贪婪一些小钱财而消失的男人是没有情的。

我鄙视这些丧失底线的男人。

我有时候觉得，婊子并不可怕，因为我们大家都知道她就是婊子，她欺骗不了我们。最可怕的人，是做了婊子，却立了很大的牌坊，甚至找了成群结队的人给她歌功颂德。

我相信，时间终会打败这一切，终会彻底还原一个人的面目，会刻摹和终结我们的幸与不幸。

相对于蜿蜒的一生来说，再也没有比内心的清凉坦荡更为美好的底线了。

我偷了药物，只是治愈流浪者的伤口，这是义。我偷了情感，只是为了治愈内伤于心灵的一段疤痕，这是忠于自己。

美好的和丑陋的有时候是那么模糊不清。不是每一个杀人的都十恶不赦，不是每一个开宝马车的人都努力奋斗。

色彩丰富的人性里，沦丧的不是道德，是底线。

繁华物质的城市里，堕落的不是身体，是底线。

要空腹。我是知道的。

然后，我趴在床上，头卡在床铺的洞里，等着按摩师用手来阅读我的背部。我做的项目叫做"全身经络调整"。那些负责按摩的技师熟悉人体的脉络及穴位，她们通常从颈部开始，她们的手指一处一处地逼近我的疼痛处。通常情况下，我都会忍住不出声。

向上一些是我的肩膀，向下一些是我的腰椎，向左一些有些痒，用力过大又会疼，向右一些，是的，再向右一些，我知道，技师找到了我最为疼痛的部位。她的手停在那里，忽然发力，我一声呻吟。

作为一个技巧全面的经络调理技师，熟练地找出被调理者的肌肉僵硬或者粘连部位，是她们必须要做的作业。

我趴在那里，想象着她们的动作，斜线铺展开我的身体，然后重力叩打我的中心位置，如此三番地重复，我像是一张铺展开来的纸张一样，清晰地出现在她的面前。

她的全部动作都是系统的，从上到下，从左至右。

我经常想，如果把她的全部过程录影下来，然后又用技术把我和床铺删除，那么，影像中，只有她一个人在那里舞蹈。

我从没有遇到过和我聊得来的技师，她们多数沉浸在技术里。他们眼里，我已经模糊成时间、身体的部位和下班以后的事情。

我有时候很想知道，一个被工作所完全溶化了的人，她们的内心该如何充实。

我想得太多了。有一次，我问正在用力地技师，周末做什么？

她说，工作。

我觉得自己有了骄傲的资本，我仿佛语气有些居高临下，说，不休息吗？

她说，我要挣钱，我妈妈得了病。

噢。

我们就说了这些吧，然后就一直沉浸在她的悲伤里。

我们大概也说了其他的，在虚构中，在沉默的内心里，譬如，我相信，我一定问了她母亲的病情，而她却也说不清楚。

她能说清楚的事情很少，她只熟悉人体的经络，却并不了解病理、心情、工作强度、舒适度、饮食营养、性爱次数、郁闷指数等等。

她是八十六号。

我有一次吃饭遇到她，她换了平时的衣服，一直看着我笑。我问她，你认识我吗？

她说，我是八十六号。

我一时语言受阻，我第一次体味道，和一个按摩技师，除了在床铺上趴着和她交流之外，我不知道在其他场合和她说什么？

这真真是一个语言的怪圈，遇到她的时候，我满脑子想的全是背部的疼痛，关于她住在哪里？喜欢吃什么食物？是不是喜欢看韩剧？路过东湖公园的时候有没有被乞讨的孩子追过？等等，均想不起。

我们说的竟然是和我趴在按摩床铺上一模一样的话语。

我想起一个医生，是我小学同学的父亲，每一次见到他，我的屁股都会疼痛。

　　是因为，有一次他给我打针的时候解动了某个毛细血管，流了血。连恐惧带联想，我觉得那针刺穿了我半个童年的美好，我大声地骂他，真实地演出让围观的人很是看我不起。是啊，我不是那种懂事的孩子，我过于真实，对疼痛有着天生的不能忍耐。

　　回到八十六号的面前，我们的话围绕着我身体的某一个部位展开，再也无法拓展。

　　吃完了饭，她离去，我看到她的手提袋上的周杰伦头像，我猜测着她的爱好。她把耳机塞进了耳朵里，消失了。

　　我听她的话，走路的时候抬高了腿，还有，用热水洗澡。

　　还买了一瓶活络油。

　　我趴在床上，看着地板，斜着眼睛看到她的鞋子，她们的鞋子是统一的白色。这一次却发现不是。我问她，你的鞋子怎么换了？

　　她说，搬东西砸伤了脚，脚趾肿胀得很痛，不得不穿凉鞋。

　　搬东西？

　　我们终于把话题转移到了她生活的情节之中，终于不再讨论我的背部，我每隔两个小时应该站起一次，我最好用头写米字等等内容。

　　她的手一用力。

　　我一下子回到了我的身体上，脊椎的疼痛让我想起我这两天都做了什么事情，我又一次沉默起来。她很熟悉我的背部地图，她的每一次用力都会提醒我，她找到了需要用力才能舒展的僵硬的肌肉。

仿佛注定了的，我和八十六号，只能身体的某个部位交流。除此之外，她基本上是陌生的。

　　这真是奇怪的事。

之十三 · 下半身

身体叙事是一个没有阶层差异的词语，我喜欢它。

衣服是有阶层的，品牌为什么总遭遇仿制，是因为它试图超越别人，显示出与众不同的趣味。

食物也是有阶层的，因为数量的多与少，距离的近与远，又或者是附加了好听的音乐和昂贵的地段，所以，有些饭店是拒绝一部分人人内的。

我顶顶不喜欢这些区分，源自于内心的贫穷才会着华丽的衣裳，源自。

我喜欢光着身子说话，说佛经，说乳房的圆润与玲珑。

只有身体，才是祛除差异的环境。

脱光衣服的彼此，把附着衣服上的价值通通地剥去了，露出肥硕而丑陋的内容，露出毛发粗糙的本质。读过的书籍、吃过的食物、游走过的美好风景、享用过的音乐服饰或者是女人都成了历史。身体消解一切身份，在一个妓女的眼睛里，脱下衣服的男人职业都是模糊的，他们用大致雷同的姿势、动作以及话语把自己所受的教育一一祛除，只剩下没有任何界定的人，是一个单纯的人。

身体是主动出示隐私的词语，尤其是对男人来说，身体基本上特指下半身。

上半身和下半身，究竟哪一阕词更为打动阁楼里的女人呢，我的观点是明确的。下半身尤甚矣。

肉体的阅读是最细腻的阅读，它包括声音和图像两个维度。可以说，肉体阅读是人世间最为深入的阅读，它直接、真诚、写实。它所读到的内容和人生相似，有疼痛也有甜美。

我不执著于赞美下半身的湿腻。因为，我倾向于直接去感受。

一个身体，除了在特殊环境里所承载的身份定义以外，我个人觉得，这个身体的干净一定有一个自我底线。

譬如我，曾经不止三次地向我的朋友们公布过下半身守则，或者是下半身底线：

一、 不要去找妓女。因为你的身体的健康关乎着家人及个人责任的履行。

二、 不要动公司里的女人。公司里的女人就像公司里的钱一样，不要贪了，否则，你就会失去清白。

三、 不要去动朋友的女人和女人的朋友。这是一个游戏的基本规则，提醒那些经常寻求刺激的人，朋友的女人让你丧失对朋友忠诚的基本底线，女人的朋友让你丧失家庭安全的基本底线。

四、 不要动幸福的女人。这纯属私人爱好，我从不动一个幸福的女人或者恋爱中的女人，我的观点是，如果一个女人正在幸福，一定让她保持幸福并尽情地幸福去吧。你不动她，就是对幸福的一份保护。

爱和婚姻可以是两件事情，和性更可以是两件事情。爱就像超市里贴了标签的东西一样，如果你正好遇到，价格合理，就可以拥有。

爱不过是一种食物。会涨价，会变臭。

我需要食物，但并不会贪婪，更不会因为吃饱了，而拍着肚子炫耀它。

未完，不续。

我觉得真正的喜欢就是轻触即溶，拈花微笑是最好的。

第三辑
煽情记

易经第四十四卦，姤卦。

从字面的意思仿佛能模糊地读出寓意，女后为姤。女人在后面，是相遇之后的事情。然而，有人在身后，总是有危险。故姤卦中有"女壮，勿用取女"的卦意。

从卦象上来看，姤卦上象为实，乾卦；下象为实中有虚，巽卦。乾为天，巽为风。卦象的本意是天下有风。

风吹动万物，自然万物阴阳皆有遇合。姤引申为男女交欢。卦象中阴阳比例严重失调，五阳，一阴，故一女可敌五男者也。那么，女壮的意思自然从此象中引申出来。若是此时，遇一女人，则不可成婚，因为不是对手。

这样解释虽然是荒唐，却是易经的本意。

昨夜读易经，入迷片断，却大多不懂，譬如，我抄下一段，与大家分享：

九二：包有鱼，无咎；不利宾。

《象》曰："包有鱼"，义不及宾也。

"鱼"者，初六也；"包"者，鱼之所不能脱也；"宾"者，九四也。"姤"者，主求民之时，非民求主之时也，故近而先者得之，远而后者不得也。不论其应与否也，嫌其若有咎，故曰"无咎"。

之二 · 民间的忠贞

最近总去一洗脚的地方,终于掌握了两则民间故事。大致如下:

一个开按摩院的老板,形象挺好的。但有一眼为义眼,义眼,就是一只假眼。据讲述人说,是一只狗眼。此老板长期在海南经营,认识一从良的女子,给他投资开店,还生了一女,按说,颇为美满,然而,此人总是怀疑那枚从良的女子不忠贞。

于是,花钱雇佣一个帅哥去骚扰该女子,但屡屡不得。

老板仍旧不信,有一日,让一帅哥穿自己的衣服,在傍晚的时候,入他们家门。关了灯,脱了衣裳,就要进入时,那女子突然上来,说,还是我到上面去,你的眼珠子别再掉下来。

谁知,翻身,便发现了来人是假的,于是大叫,报了案。

老板花了钱,赔付这名在派出所被折磨的帅哥,才算结束。

至此,他方相信老婆的忠贞。

另一则较好,我私藏一下,以后写成小说给大家看。

之三 · 油漆匠

有一个女人，喜欢一个油漆匠，她有较富裕的背景，食用较为清洁的食物，还有年纪丰富的阅历。我无意中看到她的博客，觉得，她应该是个可人的女人。大约，也看过她身材曼妙的照片吧，但不确定，我已经忘记了。

后来，在她的博客链接里，竟然链接着我的名字。这是很早以前的事情了。

我并不知道她。

于是，过不久，便会去她那里看一次，发现，我的名字仍然在。有小范围的满足感，其实，她链接的是我的新浪博客，基本上我已经不怎么打理了，或者极少更新了。

再后来，阅读她的博客，才知道，她所谓的油漆匠，是一个油画家。

再后来，看到她被油漆匠上了，她很含蓄，言语间露出油画的模糊，离得近了，不知所云。

却也替她高兴。

便再少去她的博客里看了。

是啊，已经有了油漆匠，她已经不需要别人的关注了。

可是，前几天复看她时，发现，油漆匠大约有了新欢，她又恢复了孤单。

又看了几天她的博客，发现，她根本放不下那个油漆匠。她如同一个丢失了钥匙的柜子，里面藏满了秘密，却拒绝另外的钥匙打开。

我一下子惊讶了。觉得，真正的欢喜，应该是这样的。一旦喜欢上一把钥匙，便要保持身体的密码。

　　哪怕这个男人把钥匙插在另外的柜子里。

　　这样说，简直有些不要脸。为什么男人可以插在另外的柜子里，而柜子却不能换钥匙。

　　我也不知道。

　　但我很清楚的是，我的女人，她的身体里，大概只有我设定的一个密码。

有一些朋友是幼年识得的，过了很多年了，模样都记不得了，但一说话，声音还认识。

我常常想，忘记一个人，常常是从最外部的印象开始的。来自内心的其他印记，却往往会成为烙印，存入内里，任时间风吹雨打，涂抹不掉。

金基德的那部叫做《时间》的电影，讲人对触觉的信赖。

故事几乎有些荒诞：一个女孩子，发现自己的男人对自己的爱淡了，常常和其他女人搭话。一怒之下，整容了。成为另一个女孩子的模样。

男人屡屡找不到，却发现有一个长相不错的女孩，总是往自己视野里靠。不是靠，是勾引，于是便上了她。这个女孩自然是整容过后的女友，于是，她非常生气，认为男人很不可靠，不应该这么快就把整容前的那个自己忘记。男人知道了真相，也很生气，也整了容。

生活在他们这里，像是不停地猜谜语。女人知道男人整容了，天天在她们之前约会的酒吧等男人，她会问一些以前问过男人的问题。还有，她还会和男人亲密地用五指交错相握，在经过一系列失败以后，终于有一个男人答对了她的问话，握手的时候，也自然而然地和她五指交错。女人极为兴奋，以为自己的男人回来了，两个人做爱，进入女人身体的那一瞬间，女人突然发现，身体上的男人，不是自己的男人。

她一把把这个男人掀下去，她悲伤极了。

她陷入记忆的恐慌中，那个在自己身体的田野种植了春夏秋冬的男人，那个自己熟悉的男人，只是换了一张脸，便消失，甚至让她误解别的男人就是他。

金基德的讲述偏于虚构了，生活中，这样的故事不可还原。我们都相信，我们喜欢的那个人，哪怕他化成了灰，我们也识得。

但是，最为可靠的，不是外在的动作。而是声音、身体交流时的动作，以及他睡觉时发出的呼吸声。

所以，两个年轻的男女恋爱一阵子，通过书信，山盟海誓过，几年过去，便忘记得一干二净，有了各自的道路。

这并不奇怪，身体里有一些剧场，注定会被时间的幕布一幕一幕地拉下，覆盖，忘却。

放下电话，突然觉得口中无味。

味觉丢失了。

身体里的某些感触一点点带着我来到现在，多数情况下，参照只能依照个人的成长史。想一下，周围的参照都不可信。赞美不可信，历史书上的逻辑不可信，广告不可信，新闻常常在后续的时候推翻前面所述不可信，真相常常在瞬间死亡。

如果丢了自己，那么，基本上，活着的意义损失过半，成为机器，或者别人的陪衬。我是一个主动出击的角色，在一切游戏规则中，我喜欢做的事情，要么打破规则，要么制定规则。遵守规则，势必和亲情相关。

我最基本的伦理，不过是：不背叛自己的口感和触觉，不背叛迎面而来的生活善意。

我过于执著个人的感触，或者说，我只爱自己。

昨夜深，我仔细琢磨我的女人的话，觉得，她误解了我。越想越难过。我爱自己父母亲超过自己，初工作时，我单纯幼稚，为自己的真诚付出了难以承受的痛苦，但我从未向她说起过。当时只觉得，我已经长大成人。只能让父母亲分享我的成功，绝不让他们分享我的苦楚。我爱我的孩子超过我自己，尽管，我没有像别的父亲整天亲昵他。我甚至也没有为养育他付出应该有的时间、耐心和钱财。但是我的爱只有我自己知道，这个世界上，如果能让我放弃一切也要获得的，那便是我的孩子。是比较吗，不是，是内心里的一个按钮，关于我的儿子的按钮，如灯火一般亮，照耀着我。

我热爱写字超过爱我自己，我不是一个有耐心的人，从我喜欢过不同的女人这一点上就可以看得出。但是，我能持续用一年周六周日的时间不出家门写一个东西。一年中，几乎每一个周末我都闷在家里，除了在电话里问河南或者江苏等为数不多的地点旅游外，我可以把自己围在十几平米的室内，我听电视广告，吃即将坏了的水果，翻自己写的书，看历史和哲学，在阳台上坐着发呆，有时候还光着身子，从一间房子里到另一间房子里。放弃睡眠，甚至不惜腰椎疼痛，眼睛昏花。

我其实，大可不必这样，我有还算体面的工作，固定的收入，有固定房产，我完全没有必要像一个打工者一样如此拼命地写东西。

但我从未感觉到疲倦，因为，我喜欢做这样一件事情。超过了对自己的其他爱好的执著。

除了对文字上的偶尔自恋（其实，我常常在面对一些别人的好文字时自卑不已，觉得自己的才华不够），我对自己并不看重。

我对一切都采取不纠缠的态度，我觉得我是个坦荡的人，我曾经遭遇到过一个模样姣好的女人的拒绝，我说，我喜欢你是我的事情，你也不必骄傲，你完全可以不理会。她自然没有理会，我自然不会再纠缠她。曾经不止一次有人批评过我，说，你这样算喜欢吗？

我从不喜欢一方压根不理，另一方死缠烂打而终于配对成功的欢喜。我觉得，世界上有这么多的人，若遇到不懂你的人，请马上转身，因为，只要错过一秒钟，你真正需要的那个女人便会乘车远去了。

我觉得真正的喜欢就是轻触即融，拈花微笑是最好的。

那种把自己的衣兜都翻出来的解释，都是喜欢的灰尘，只能让你灰头土脸。

　　我解释了吗？解释了。
　　这还是喜欢吗，不知道，这真让人郁闷。

之六·涂掉

打电话的时候，我常常喜欢写对方的名字。电话彼端的人，或胖或瘦。若是她胖一些，我便将字写得胖一些，若是她瘦一些，便将字写得瘦一些。

反复地写她的名字，有时候也会写正在说的话，是片断的书写。有时候放下电话，看看那纸上的文字，有诗歌一样的品质，跳跃、模糊、暧昧。

有时候是快乐的，分享着收获，电话放下以后，良久，我都会觉得身体是轻的，那是被喜悦擦拭过后的结果。也有的时候是难过的，分享着难以预测的未知。电话放下以后，会把那张纸折叠好，扔进废纸篓。

我承认，有时候，一个女人的名字，是我热烈渴望去旅游的地点。

旅游，地点，这样隐喻地描述一段感情总觉得羞涩。是的，其实，女人对于男人来说，就是一个地点。有的男人一生只有一个地点，有的男人一生走过无数个地点，但最终总要回至某个地点。有的男人，一生也未找到自己的地点。

感情的事，如禅，说出来的，都是浅薄的。都不过是对庸众的启蒙。做人，如果天天被别人启蒙，那么，这是活着的哀事。

感情和旅行的相似之处在于，我们能走到的地方是有限的，长的是旅途，短的是人生。哪怕这一生，我们马不停蹄地奔跑，所能抵达的地方，也是有限而局部。即使是我们已经抵达过的地点，因为粗略和短暂的停留，时间久了，也会被我们遗忘的，那琐碎的街道，火车站广场的喧闹都被——被覆盖。直到有一天，我们疲倦了，停下来，忆念自己的过往，发现，身体里的很多地点都像一些人的名字一样，模糊了。

是被时间的笔触涂抹了，那是可以想象的涂抹，不是用橡皮擦去，而是粗黑的钢笔，一下一下地划在那些名字或地点上。

每一次涂抹都和我们自己内心的变化相关，我有时候甚至想到我们的身体是一个限量的容器，像手机里的短信一般，储存满了，便会自动删除过往的信息。

我有涂抹掉一个人名字的经验，要先用笔把名字圈住，横着划很多条墨线之后，再竖着划一些线条，名字模糊了，被墨线分隔着小碎块，如同临睡前四周的镜像，一点点碎片化，直至成为黑暗的夜。需要重复地划线很多次，才能将一个人的名字完全涂抹掉。色彩也是，重复划几次，那墨线的颜色由浅渐深，直到成为漆黑的谜语。

被涂抹掉的名字，和被丢弃的衣物差不多，它不再温暖。

翻看《枕草子》，才知道，中国的文化滋养了几多小资女文青。这位在一千年前生活着的日本省女文学青年清少纳言在清雨夜半时写文字，说一些最为恼人的事，或者欢喜的事。恼人的事有很多，譬如平庸的人高谈阔论，急着外出，而家里却有得罪不得又喋喋不休的客人……读她的文字，恍若隔世。

周作人当年第一次翻译她的文字，定是看上了她如此这般的小性子。奈何周作人是个没有趣味的人，若是鲁迅来翻译此书，定又是另一番情怀，这样的书，鲁迅定是看不上的，若实在逼迫着他来做，则一定要让许广平在身边，翻译一会儿，便要亲个嘴才能释放那心里的柔软。

柔软。是多数人并不自知的营养，像牙齿一般，天天用它，并不知道它有何用处，非要牙齿里生虫子，才会体验到它之于身体的重要。

清少纳言是一个家学较好的女人，少女时期在皇宫里度过，是当时日本皇后的闺蜜。有了这样一层特殊的关系。她自然对生活有了挑剔的基础，譬如她写不相配的事便有些矫情："头发不好的人，却穿着白绫衣服。"她还写道："年老妇女腆个大肚子，喘着粗气走来走去，而且，这号女子有个年轻的男人，本就极其有失体统；可她竟因男人去另外的女人家而吃醋。"

看到这里，我一下子猜出了清少纳言写此段文字时的年纪。

生活常常被我们忽略不记,进入我们视野的,恰好是这种非常的段落,譬如一个头发不好的人,自卑得很,以为穿着一件白绸缎衣服便可以改变自己的形象。这本来也没有什么。

子非鱼兮。生活里的鞋子总有好看和难看之分,但舒适度却只有自己知道,怎么能批评别人家的鞋子不好看呢。

也许,那只难看的鞋子异常舒服呢,这可说不定。

袁世凯最为落魄的时候,曾得一妓女相助。

妓女略有才学,个人故事曲折,才沦落红尘。她深知袁世凯非池中之小鱼,用情颇专。待到袁世凯要去朝鲜时,此女再三缠绵,不放行,并索求袁世凯一句话。

袁答:你等我。

一晃多年过去,袁世凯被李鸿章从朝鲜调回,进京第一件事便是寻觅妓女沈氏。得到的答案是,袁世凯离开妓院的当天,此女便将自己赎出,在京郊购一农家小院,静等袁世凯回来。

直到袁世凯衣锦官赫,转折找到此妓女的院子的时候,看着院落门口挂着的写着"袁"字的灯笼,袁世凯长叹一声:非常之人,做非常之事。

这不是野史,查袁世凯的档案便可知,此女是袁世凯的第二个夫人,常常陪袁世凯出席各种外交场所,以第一夫人自居。

这是我看电视剧《走向共和》的片断,看到此时,觉得,婊子自是无情,只因未遇良人。

在龙舌坡，有一个人，手持硕大的喇叭，不停地重复吆喝：一九八零年的，一九八零年的。他在收旧硬币，一九八零年的一分钱的可卖十元，二分的，可卖二十元，五分的，可卖四十元。大致如此。

时间让价值在一瞬间膨胀了。

时间常常具备这样的功能，在古董店里，一个民国的物什，随便要价也在数千元乃至数万元。时间往这些普通的东西涂上了令人伤怀的价值。

感情呢，一段开始于身体的感情，又或者始于精神的感情。经过时间的打磨，剩下什么呢？

从经济学上说，感情是最为复杂的一项投资活动。有些人用内心里的柔情蜜意当作基本金，有些人用温暖的身体做交换币，但所有这些都只不过像一首诗的开始，诗意随着时间的流淌而涣散，真正留下的，只剩下最为简单的名词：肉体，乳房，笑容，温度。所有可以更换的动词会被时间的流水冲走，所有可以替代的形容词会被时间的阴雨淡漠，只有最为本真的身体或者欲念，久久存于世间。

旧有的时间常常会改变飘浮不定的东西，轻薄的人被时间厚重的雪融化在深沉里，清高的人被时间的风吹向浅薄里。婊子成了千古传唱的佳人，正人君子成为粪便浇透的假行僧。

常常见一些激情的人，热烈的人，清高的人，卑鄙的人，愤怒的人，但我知道，他们如同数年前的一分硬币一般，被时间丢弃在各个野地里，直到多年以后，自身的年轮成了增值的保证，才发现，他们已经丢了自己，找不到回归的路径。

旧光阴，是一个可怕的借口。我喜欢你，便要马上表达出来。因为，极有可能，明天，我喜欢上了另外的人。

又或者，我喜欢你，偏偏不说出来，等着你身边的人都已经走远了，你才发现，我一直给你传递温暖。

爱情和信仰极其接近，多数来自偶然和相信。

我觉得长期有准备的信仰和爱情都是可疑的，要么缘自物质和利益，要么则缘自时势和命运。只有当我们无意中敲开一扇门，拉起里面的一个女人就走，在这样的情势下，陌生感也好，身体的诱惑也好，甚至是内心里突然升腾起的一个赌注也好。如果脱下衣服，就势阅读彼此，我相信，这就是爱情。

我对一个熟悉的女人说，我想吃你的乳房了。她当场就笑了，说，你对不少女人说过这样的话了吧。我不答，她接下来又笑着说，你应该找个固定的情人。我觉得我所遇非人，一时间找不出合适的布纹来修饰自己，愣在那里。

有些话又何必说破。我已婚育子，阅女多枚，难道还不通最基本的时务。我只是把接近低俗的下流话说出去，找寻内心平衡。若不说出此言，我一定会被美好的教养恶心死，甚至被平庸的生活围住，写不出有波浪的文字。

这个时候，我需要的答案不是鄙视也不是教育，是奋不顾身地脱下衣服让我参观，或者宽容地划过我的恶俗，就像房子的主人对持刀进入的窃贼说的那样：噢，原来你是卖刀的，我们家里的刀正好该换了，给你五百元行吗？

呵呵。然而，多数人都擅长表达自己的厌倦。大白天，哪里来的流氓啊，你老婆呢，你怎么不骚扰你的母亲呢？这种女人自然没有必要和她多说一句。

世界上最不缺乏的就是这种人。然而，更让人厌倦的是感到你很无聊，觉得你文质彬彬，有上好的工作，为何如此不自重自爱，甚至还要从羞耻心道德观讲起，若不是我坚决要收回自己的话，并决心开展强烈的自我批评，那么，我相信，接下来的字句一定会涉及科学发展观。

这就是我不喜欢聪明女人的缘由，所有的聪明其实都是自作聪明。即使是我无聊透顶，手持小弟弟到处炫耀，但依然需要有人相信，我只走向她一个人。

这就是所谓的爱情。

其实，爱情无非是这样，相信。若是不信，你说得再朴素再动情有个屁用，谁知道你会不会一稿多投。

其实，信仰也是如此的。佛说：色即是空。难道还需要我们思考一番，并和他辩论，最后被他说服了，你才信佛。不是，佛说出来，色即是空。你马上就意识到色即是空。这才是信仰。

爱情是我对一个女人说，我想吃你的奶子了。那个女人回答，你等一下，等我洗好脸，干干净净的，让你看。信仰是佛说，色即是空。你答：空即是色。

否则，就是你道貌岸然，知书达礼，在我看来，也不过是一坨读过四书的屎。如是而已。

之十·秘密

　　疾病是一个秘密，它们熟悉身体，并游走其间，像个掌握着别人隐私的小人，随时会用卑劣的手段警告身体，以期获得意外的喜悦。而，让人悲伤的是，有一些疾病没有答案，像是丢在深水里的钥匙，随时间一起沉淀，成为泛黄的照片，或者灰尘。

　　秘密始于意识，和细菌的成长完全不同。一个孩子的秘密，一个老人的秘密，一个水手的秘密，一个将军的秘密，各不相同。秘密所需要的心灵空间极少。差不多，秘密可以无限被压缩，它们不会造成任何内心交通的拥挤。

　　猜测始于无知。

　　秘密的寂寞在于始终无人关注。若是一个邮箱，它一直是空的，那么，便需要一只鸟儿住进去，在里面生产，制作温度适中的爱情和孩子。秘密呢，它空空的，如同佛祖的一次便溺，无法赞美，又无法厌倦。终于，它被山河吸纳，化成一声鸟鸣。

　　秘密的不幸在于不停有人探究。像谎言一般的执著，需要在大雨中奔跑，才能保证内心里的秘密不被淋湿。

　　秘密是果实的一种，时间自会让它腐烂，直至被蚊蝇叮咬。

　　孩子的秘密在父母亲眼睛里如同阳光照耀下的信笺一般清晰，然而，孩子不以为然，以为自己的秘密安全地躲藏在隐蔽的角落里。若是这个世界的秘密都如同孩子一般，那么，秘密将成为良善的同义词语。孩子被时间塞满了各式各样的秘密之后，长大了，那么，即使是熟悉的父母亲，也被那些秘密拒绝，成为陌生的他者。

对秘密的掌握，多缘自视野的开阔。用身体制造了孩子，这是一种难以言表的熟络。生活的世界和孩子截然不同。秘密总是遥远的、躲藏的姿势。

智者不过是掌握了大量秘密的人。如同年纪的累积，如同行走的遥远，如同苦难的磨砺，如同阅读的厚重，如同物质的丰富。

佛便是掌握了秘密而默不作声的人。

多数人都因为掌握了别人不知的秘密而炫耀，他无法隐藏这些拥有。或者是缘于贫穷，或者是缘自分享。总之，秘密成为这些人往高处站的资本。浅薄随之产生。

秘密常常如假象一般，让人空欢喜，或者空悲切。

春节时遇到旧时的同事，一起聚餐。被浓郁的怀旧气息笼罩。

席间一旧同事表演魔术。

魔术，其实是对秘密的注释，表演者提前藏好了秘密，并用日常生活一般冗长而平庸的假象来蒙蔽我们。让我们永远沉浸在惊讶和好奇里。

秘密是魔术的一个声音，尖叫不止的声音。同事表演浅易的魔术，两个吸管纠缠在一起，像男女的身体一般，亲昵，弯曲。只需要他轻轻地吹一口气，一段爱情便散场了。

这实在是一个快餐的年代，这魔术不难学习。我们大家一起动手，一会儿将此秘密吞食，像幼时孩子分享爆竹点燃后的响声一样，有些畅快和透明。

然而，接下来的表演却有了让我们难以猜测的莫名。道具是三个模样相同的碗，把一个非常小的纸团放在三只碗的任何一枚下面。前提条件是，表演魔术的人不准偷看我们放纸团的镜头。众目之下，他的确闭紧了眼睛。

但是，让我们惊讶的是，他只需要用手在几只碗上面比划一下，仅凭身体的磁场效应就判断出了那纸团在哪只碗的下面。

这实在是让人惊讶的事情。我们自然不信，纷纷也把手放到那碗上试验，结果自然荒唐，碗和手像唐诗与明朝大海边的一只贝壳一样距离遥远。秘密出在哪里呢，我们觉得是表演场地有问题，因为餐桌有玻璃。便强烈要求他在另外的一个场地上表演。结果仍然是他轻易地解除秘密，就像开锁人打开一个结构复杂的防盗琐一般，我们除了惊讶之外，不知道该如何表达。

佩服吗？

不。

明明知道，他不过是拿了一把合适的钥匙，打开了一个秘密的门。

那天晚上的表演让时间慢了下来，酒水喝完了。前尘往事说完了。未来的畅想说完了。

然而，他的魔术依然没有解释清楚。

大多数人在秘密面前束手无策，掌握了别人的秘密不好，那是难以言说的一种占有。被别人窥去了秘密亦不大好，仿佛内心里装饰材料被人偷了去，只能让自己苍白。

我们在秘密面前常常左右为难，孤掌难鸣。却不知，秘密有时候需要从他人的目光里得到答案。

　　表演魔术的同事最后揭了秘。原来，他闭上眼睛，或者被赶出门外的时候。我们房里有一个服务员一直替他认真地看着。当我们摆放完毕，等着他猜测的时候，根本没有一个人会注意到，身边还有一个服务员在做他的内应。

　　若是在中间的碗里面，那个女服务员，便会用手摸一下下巴。若是纸团在左侧的碗下面，女服务员则摸一下左面颊。反之亦然。

　　我们所有人都呆住了。

　　那让我们走不出的迷宫，如同十九层木楼高大的秘密，它的钥匙，和普通的门扉一样。

　　秘密，常常需要另外的场域作为参照，才能存在。还有，就是，那曲折复杂，困难巨大的人生，其实都是一个魔术，只需要我们找到秘密隐藏的地点。便会轻易地解开它。

　　人生不过是一场魔术表演，所有让我们惊讶的东西，都是假的。只有我们看到的平淡的生活是真的。秘密，让平淡的生活翻一些细浪，之后，还会回复到从前的样子。

　　面对如此庞大的生活，一切努力都没有用处，除了被吞食，别无选择。

之十一·目标

　　玩飞镖时，对距离的体会最深刻。明明瞄准了的，但是出手的一瞬间，已经知道，偏了目标。偶尔也有误入中心的喜悦，连自己都惊讶得不得了，长时间地愣在那里看，不舍得拔掉。因为，这是一种无法复制的奇迹。

　　生活需要练习，站立，瞄准，准确地甩臂动作，还有适度的将重心前后移动，平稳，再平衡一些，一只眼要微闭着，一直到手上的飞镖离手，眼睛要一直盯着镖板不动。

　　对目标的精确度涉及到各个领域。不必说各种球类，也不必说射击，哪怕是电话号码，差一个数字，已经抵达了另外一个城市，另外一个人。如此精确的生活，会使得人自动地陷入工匠生活中。银行职员为了练习识别钱币的真假，必须精确到飞镖的中心位置。

　　我喜欢来自天分的东西，譬如一个人从未见过钢琴，但是只是坐在一架钢琴边上，就能弹奏出动人的音乐。画画也是一样的。对青菜的热爱也是一样的。如果往底层现实上说，更为具体。究竟是什么样的生活压力，让我们对目标这么执著。

　　在新闻里，体面和光环背后，多是尸骨遍地的厮杀。钢琴考级，让多少孩子的童年变成灰色的音符。光荣若不是从身体里自然而然地流出来的。那么，终有一天，我们会因为人性的弯曲而感到恶心。

　　对精确度的追逐，体现了审美标准的单一。

若单纯只是游戏，最快的，最漂亮的，最精确的，都是让人向往的。然而，为了获得这一声赞美，而刻苦了半生，甚至丢弃掉人性中诸多最为放松的东西，那么，就有些无趣了。

重复多次练习的结果，必然会成为一个匠人。重复地告诉别人狼来了，导致大家不再相信这个骗别人的孩子。同样的结局也会如河流般流过来。去旅游区，所见到的第一个做手工织品的当地，总觉得他们与艺术距离很近。然而，当你走近村落，看到一个又一个家庭都从事着同样的工作，共性将趣味一瞬间扼杀掉，你除了感到工匠的悲哀之外，别无收获。

我常常对被众人喜欢的一些东西持警惕态度，这大约得益于年纪的渐长。但同样，也得益于我对精确目标的忽视。

一定要将飞镖钉到最为中心的位置吗？不一定。那么，这项运动的冠军该如何产生，我们需要到哪里去看比赛，电视台靠什么节目来收入广告赞助费用？

我的意思是找合适的人去做这项工作。

那么，谁是最适合的人选呢？

难道不依然需要现在这样的规则，去培训，去竞赛，去用枯燥的生命来打磨这光彩的一瞬吗？

我仿佛一时间找不出更为健全合理的方案。

但是，我只是希望，在培训和竞赛的时候，尽量少一些人参加。费用尽量低一些。不要用过于丰厚的物质来吸引庸常的大众。因为，一不小心，会使一些永远也达不到目标的人疯掉的。

让他们平庸而幸福地过一生，挺好的。

之十二·最准确的词

我常常觉得，写作是为了找到最为准确的那个词语，然而，通常情况下，我们不过是找到接近的，却不是最为准确的。

在意识形态逐渐放松，在人的价值取向逐渐多元的前提下，找到一个准确地击打自己的内心，并让自己内心的波纹迅速在他人的心中荡漾开来的词语，难极。

我有一个莫大的理想：做一个非常庞大的书店，是书店吗？我可以在里面写作，可以招待友人喝咖啡，可以让绘画的友人在这里支起画架，可以和热爱拍电影的人在这里讨论剧本，可以，可以和一些热爱读书的人争执一些旧书的版本，可以出版一些可以成为世界名著的作品，可以骄傲地写样子笨拙的毛笔字，可以在全国任何一个城市看到我的加盟店，可以毫不犹豫地用书店里挣来的钱去帮助必须要帮助的人。

当然，这只是理想，它像生活的刻度，刻在一个模糊的遥远处。但却有意思。

前几天我一直和小溪在商议这个书店的名字。这个书店可以成为任何一个城市的精神地址，差不多，有一小部分人必须到这里坐一坐，才能找到他们自己。

到书店里去喝咖啡，将成为一个新的打磨时间的方式。

我自己想到的书店名字有很多，但均不能让自己满意，是的，这些名字，它们不是最为合适的那个：

时光底片。面孔。大道。交谈。渔人码头。有容。素。浑浊。棉布。树人。杜甫草堂。卡夫卡。我们。三号小镇。

白痴。清算自己。独自。慢。丁字路口。审视。方向丢失。萨·特。罗素。懒人。和我们。深蓝信封。天涯杂志。深刻差异。

独角戏，总有些心碎的许茹芸滋味。但这个词语，目前被写诗的江非兄存入他语言的口袋。

江非是山东人，没有来海南之前，他是一个名满全国的诗人。他和我一样，生在麦田广阔的黄河中下游平原。他的方言和我的方言接近得厉害。

作为一个诗歌爱好者，我阅读的诗歌少而又少。因为，当下的诗歌，真正从内心里流出的不多，不是身体诗歌，便是为赋新词。

然而，江非的诗歌却可以读。为了生活的安稳，他选择了漂泊。他的独角戏开始于去年初，和当年的贬谪不同，他是找寻。

来到岛上之后，他到了一个叫做澄迈的小县城里，那里遍布海南话。他一个人，在任何地方行走，都是一场独角戏。

想象不出，一个词语爱好者，该如何在这些陌生的言语里找到自己的表达。失语是必然的，寂寞也是。

只有身体的移动，才能带来内心的温度差异。从内地来到一个岛上，生活有了些许改变，但同时也被陌生而日常的琐碎事填满。

人剥去物质的外衣，区别极小。对食物的评价、对女人的审美等等形而下的东西，更是和精神所涉甚少。所以，我常常试图探究那些吃粗粮长大的孩子，他们用什么样的人生跋涉来完成他们精神的飞扬。

真的很难，在世事多艰的当下。在游戏规则和学历、钱财息息着的当下。精神上的愉悦，差不多和被强奸差不多。

　　所以，多数情况下，我们每一个人必须找到自己的小舞台。若是不想当婊子被大众用一张又一张钞票强奸，那么，只好演一出独角戏。

　　独角戏，呵呵，青衣的水袖很长，历史的河水很冷。我们真可怜。

之十四 · 浴后

　　每天必须洗浴，这是我到海口以后所养成的习惯。洗去炎热，也洗去浮尘。我常常想，若人是由灰尘和心事组成的话，那么，我每天都洗去灰尘，是不是只剩下心事呢。

　　不会。每一次洗浴之后，我觉得，剩下的东西不多。差不多，洗浴意味着擦拭自己一天的痕迹，洗浴完毕之后，我像一首另起一行的诗句，跳跃、模糊又潮湿。

　　照例需要打开风扇，我喜欢听吊在房顶的风扇转动的声音，一开始，它有些笨拙，电动机费力地推着扇页向逆时针方向旋转，声音异常的大。每一次都是如此，风吸纳身体的水分，有一种难以表达的凉意。如同雨滴一滴一滴淋到我的身上，那种凉意像是风留下的印记一般。

　　电视机里放着谈恋爱的剧，两个人在吵架，也吹电扇。那风扇无论如何也吹不走它们的激动，于是，男人摔门而去，女人掩面而泣。

　　我心里想，若是两个人一起去洗澡就好了，把刚才的内心里的灰尘都洗掉，生活另起一行，便可以放弃争执。

　　洗浴之后，往往会口渴。这像个矛盾，这是个哲学问题。就像摸到女人的乳房，才想吃一样。水是一个提醒。我住在一个尴尬的地方，桶装矿泉水的提供商因故不再提供服务，我便开始喝牛奶、瓶装水、汽水等替代品。买了烧开水的电水壶以后，曾经配套了咖啡、铁观音等让生活颜色丰富的饮品，但均不能持久。

　　总是在口渴的时候，才发现，我没有烧水，饮料也刚好喝完了。

生活常常在袭击我，而不是配合我。这让我感到不安，找不到水喝，便会在房间里来回踱步，或者马上烧开水，一边听着热水壶里的水滋滋的响声，一边听电视里的新闻。新闻里天天撞车，人死的数字天天增加。我曾经有几天发神经，天天在日记里统计海口的车祸新闻，发现，海口的电视新闻有一半以上是车祸。是因为天气太热，开车的人急着回家洗澡吗？还是这些人刚刚洗净了身体，急着在城市的大街上找寻另外的身体伴侣。

想不明白，浴后的事情，模糊得很。

之十五·六月末尾的风

在一个博友的博客上看到萨顶顶的名字，其实，之前已经知道这位参加选秀节目的歌手。她总让我想到和我一样在写作的道路上跋涉的人。有好多个写字的人，无论什么样的文字都写，终于有一天，被一场重述通俗历史的大雨淋湿，赚了些钱。便开始堕入这样一条道路上，沾沾自喜。

萨顶顶在进入小众音乐的《万物生》之前，也曾经尝试过各种路线的通俗唱法。但在当下鱼龙混杂的唱片市场里，她没有找到自己的位置。

有很长一阵子，大约有五年的时间吧，为了生存，萨顶顶和各类草台班子一起到全国各地走穴。直到有一天突然觉醒，才选择了"国际"路线。

其实，萨顶顶的路线是媚外的路线。且不说她的歌声如何美妙，但从她刻意经营自己的方式上，让人怀疑。

我最近两年开始尝试写历史小说，我觉得，我可以写上好的历史小说。但是，如果我写历史小说挣到了钱，又或者一不小心也挣到了名声，我会毫不犹豫地放弃。因为，这不是我最终所追求的。我追求的东西，是从身体内部发出的声音，它逼迫庸常的大众自卑，它必须成为惊世的文字。之所以，我还没有写出这样的文字，是因为，我被生存的诸多问题绑架了。我享受这种和生活握手言和的尴尬和贫穷。

然而，萨顶顶显然是一个和图书市场里的安妮宝贝和郭敬明一样的人，她非常享受自己在物质里取得的一小块蛋糕。她不过是用商品的方式来营销自己。

也或者再过了许多年以后，她才发现，她不一定喜欢现在这样，装什么国际和崇高。我们首先要拯救自己，才能承担启蒙别人。

最讨厌自己是个傻逼，而天天嚷嚷着要启蒙别人的人。

那天听了一上午的萨顶顶，挺舒服的音乐。像会挠痒的文字，讨巧的笑脸和态度矜持的辩白，一点也不让人讨厌。但是，我总觉得，这些音乐里装满了假崇高。

我们活着，有必要这么装崇高吗，我觉得，相对于穿着华丽的简爱，我更喜欢快被冻死的卖火柴的小女孩。因为，她离生活很近，差不多，太阳一出，她就开出花朵来。

之十六·宗教

　　西门庆兄有了新欢李瓶儿以后，买了一张大床，那床巨大，据说，可抱着李瓶儿走八步，故称作八步床。

　　潘金莲一看，那床比自己的床不知好多少倍，一时间吃醋之至，使出浑身解数，一哭二闹三朗诵诗歌之后，终于用一个文艺女青年的矫揉造作模样将西门庆降服，也得了一张同样大的床。

　　且不说明朝的床在马未都的春秋演绎里如何如何淫荡，但是，对于一个女人来说，床，的确是一个物质与肉体的地址。

　　如果女人的身体是男人最为欢喜的阅读书籍的话，那么，床，将是女人最为喜欢的旅游地址之一。我很早以前就在一篇文字里写过，床，是女人生存的重要空间，而男人不过是女人的一件床上用品。

　　相对于男人，女人对床的重视有一种仪式感，这含有女人内心世界的敏感，对色彩、环境以及温度的重视。性是女人一种宗教仪式，这件事情排除两性互补的愉悦之外，差不多，它直接和生育、流血等伟大的事件联系在一起。

　　在一些旧戏剧里，不少女人费尽心机用舞蹈或者其他让男人注目的方式来达成一场性事，从而给男人生下子嗣，获得身份，或者获得信仰。

　　自然，这些旧剧本被历史烧成了值得鄙视的灰烬，女人在身份认同上也有了更多的途径，除了勾搭男人之外，女人也有了独立存在的空间。甚至还曾经有一度，女权主义高涨，认为女人不和男人上床才叫做独立。

生理构造是我们人体内部的构造，老是用手自己搞自己的结局让人悲伤。除了内心里的信仰在暗夜里变得暗淡之外，疾病和寂寞是信仰的副产品。若是我们的信仰只给身体带来苦痛，那么，这个宗教值得推敲。

儒家从宋朝开始禁欲，所以，西门庆兄不得不在明朝的时候才能购买那巨大的床。中国的儒学到了清朝中后期才开始走向"经世济用"，"经济"一词吞吐了不知多少男女的欲望，终于成了如今物质和钱财。

禁止差不多常常被一些变态的人极端化，在律令上更是如此。人性的苟且在禁止上表现得一塌糊涂，不论多么宽厚的人，一旦拥有了某种禁止别人的权力，差不多便会派生出若干项其他欲望。

中国传统的宗教多是世俗的，烧香拜佛除了心理理疗之外，多数都是内心的一种物质交换。

所以，当宗教信仰的儒家学说在禁欲的人为操纵下越来越陷入无聊的生活细节，和食物一样重要的"性生活"成为敏感词语，除了性事不能叫床之外，还增加了诸多不必要的仪式。

这样一些赘累的规矩，使得整个宋朝的妓院生意红火，回到家里必须端坐表演忠贞的男人，在妓女的肚子上写风华千代的绝妙佳句。若不是有妓女这个庞大的文艺女青年群落，那么，整个宋朝的文学史将暗淡无光。想一想，宋朝除了几阙在"二十四桥明月夜"里写就的艳词之外，几乎多是无趣的理学专著。

在所有的信仰里，戒律最多的应该是佛家，所以，成佛的人极少。

相对于面壁静坐，在床上翻云覆雨地享受身体的趣味时的所思所想，要更加易于实践。若是一个女人，在吃饭的时候，在挑选衣物的时候，在种植青苗的时候，在六月的一场小雨里，在秋天的竹林旁边便能想到的事物，那么便可以当作宗教。

活着的主题：不过精神和肉体两个层面。若没有肉体，精神像衣服一样，无处可附。所以，任何宗教的衣裳，都不过是肉体满足以后的事情。

靠别人的蒙昧来推广的宗教，靠承诺未知的世界来推销的宗教，想来都是骗人的。信仰，其实是一张疲倦时的床，或者性爱时的床，它必须承受身体的重量，也必须承受身体的善与恶。

信仰必须有床的质地，越宽大越好，越能让肉体得到合理的安放越好。

　　将一些信封撕开，掏出里面的杂志，空了的信封，多数都扔了去。

　　也有的信封，大约是厚实，便也重复地用，往信封里装入不同的书，来回拎着，直至汗湿，皱纹和灰尘沾满信封，依旧扔掉。

　　那天打扫卫生，整理旧杂志，有一个信封扔掉了，却又捡回来。里面硬硬的，是一册薄薄的书，我的一册诗集，打开来，竟然签了一个友人的名字。大约见面时忘记带了，又或者见面时有其他的事情，而忘记送了。

　　将诗集掏出来以后，照例便将信封扔掉了。

　　又过了些日子，仿佛又要和诗集上写了名字的朋友晤面。便想，那册诗集，既然写了他的名字，便一定要送给他。

　　装信封的时候，发现了那枚旧信封。是扔掉了的信封，大约前几天着急装东西，又从一堆废报纸和信封里找出来。用完后没来得及扔掉，放在书架最下面的一层里。

　　将诗集装在那个信封里，突然感觉内心欢怡。是一种窥到世事里隐藏着的某种秘密的快乐。我心想，大约是诗集一直在找这个给过它温暖的信封吧。

　　这真让人欢喜。世间的事多和一个信封差不多。有的信封一直空着，一直等着属于自己的信笺。

宋朝和唐朝的区别很大，那便是妓院里开始大量接待普通的底层民众。而不像大唐，即使是妓院，也多是国家开设的别馆，里面的女人多是艺妓。琴棋书画的造诣高得离谱，因为查清蘅塘居士编选的唐诗三百首里，至少有多首诗句是妓女所作。

这在当今世界是很牛逼的，它基本上是在说，中国百年小说作品排行榜里，有很多部小说是妓女所作。退一步讲，不是妓女，即使是一些打工妹，没有念过大学的中学生，也会对专事写作的一些所谓成名者形成讽刺。

在宋朝，有一枚长期住在妓院的写作者，叫柳三变。他便是屡屡不能进入主流文学圈子的失意青年。他天天在相好的女人身体上写词，他的词风多变，适于在街巷传唱。由于他的词充满了青楼胭脂气息，而更为主流词人厌倦。以至于，当时有很多人都看不上他。

苏东坡的妹妹未嫁秦观之前，苏东坡曾经有一次批评秦少游，说，我怎么从你的词里读出了柳永味道。吓得秦观连呼二哥，请酒吃菜，改正后又请苏轼指点，方算通过。

而柳永的词也的确抒怀之至，与妓女们交欢后，立即写出感受："知几度、密约秦楼尽醉。便携手，眷恋香衾绣被。"

这等香艳的身体气息，自然不得儒家的大雅之堂。宋仁宗有一次看到了柳永的考卷，问旁边的官员，说此人的词为何如此滋味。就批评他："此人好去'浅斟低唱'，何要'浮名'？且填词去。"于是，柳永的进士便没有了。

此后多年，柳永一直自称："奉旨填词柳三变。"

直至宋朝灭亡，时间来到元明朝，柳永的词才进入宋词史，影响也散开来，开始进入上流社会，不再专取悦底层群众。

历史常常以这种莫名的身份准入，让一个优秀的词人在活着的时候落魄潦倒。

这真难过。

之十九·渐次

昨天看了一天的旧电影，看到了二十岁和三十岁的钟楚红。在洪金宝导演的《五福星》里，钟楚红二十三岁，那是1983年。而后又看了1987年她与周润发的《秋天的童话》，又找到了1991年钟楚红退出影视圈前的那部经典的《纵横四海》。

她真好看，她的好看是渐次打开的，越长大越好看。一开始，我看到在泡沫里包裹着的草，天空的蓝和湖水的蓝，又或者从世俗里飘浮出来的蓝。一开始的好看，是光滑的或者不入世的。1987年的钟楚红有了女人味，四年的时间里，她像一块洁白的画布，被不规则的影视圈涂抹得饱满又性感。但并不过分，她仍然藏着内心巨大的秘密，供喜欢她的男人猜测。

1991年，钟楚红的脸上已经有了风尘气息。这是每一个男人都喜欢看到的气味，仿佛只要不是自己的老婆，风尘味道是加分的香气。

一直奇怪自己为何一直喜欢长头发的女人，这喜欢是一把隐秘的钥匙，却锈迹斑斑，我找不到这把钥匙的锁头。

看到钟楚红用手捋过长发，轻轻甩头的动作时，我仿佛一下子找到我的秘密。一定是少年时代的我，被某个长发女人的姿势迷住。

人的内心其实是一次设定的密码，譬如我们对食物偏好，对色彩的喜欢，对长头发的偏爱，都和最初设定的那个密码相关。时间久了，世事的尘埃早已经将我们喜欢的画板涂满。钥匙锈了，锁已经沉入记忆的湖底。一切都变得陌生。

但是，若是有一天，你不小心找到记忆抽屉里任何一张纸片，你都能渐次打开那被覆盖的往事。若是一个人，活着，没有可供打捞的历史。那么，这个人的活着就失去了比较的意义。

　　尽管意义正在被浮躁的当下消解，成为荒唐的语气词。但我仍然固执地喜欢这个词语。若是我们活着的意义找不到了，我们为何还要活着，不如环保一些，往生命的最初走走，找到属于自己的意义，或者死去。

之二十·我觉得找一个人保管我们的
秘密是一件很重要的事情

吃骨头的时候，我从未想过刀子。我想到肉在汤水里舞蹈，甚至喜悦着，散发出香气。我想到饥饿时的脚步声以及微微隆起的腹部。

生活常常用一种难以梳理的逻辑笼罩我们，我们忽视了背后的东西。

秘密和蟋蟀的叫声一样，躲藏在夜里。它的声音单调，容易让人忽略。

秘密多生产于面孔之内，在内心里，眼睛里，在欲望里，在冷嘲热讽里，在放荡不羁里。秘密和疼痛距离很近，像刮胡刀片与下巴的关系一样，贴在了一起，成为互相交融的事实。

一旦揭开某段皮肤上的秘密，那么，我们会看到血液流出来，像一场并不和谐的性事，又或者像一场力量不均的争执，总会有一方受到力量的冲击，摔跤，乃至叫嚣。

我觉得找一个人保管我们的秘密是一件很重要的事情。我们把水果放在她手里，把月亮放在她手里，把自己的童年放在她手里，把生殖器放在她手里，把小麦和稻米放在她手里，把内心的感情存折放在她手里，把夏天放在她手里，把一场大雨放在她手里，把宋朝放在她手里，把整段的个人史都存放在她手里。

骨头被汤水煮沸，刀子被隐藏，剩下的，便只有香气袭人的谈论和赞美。生殖器被夏天的一场大雨洗净，对于它来说，除了安放，便是安静。夜晚来了，一切都被遮蔽，高尚和卑下撕去外衣，竟然相似异常。一个饥饿，一个贫穷。

之二十一·理发店

　　我喜欢看别人理发，理到一半的时候样子最为好笑。

　　那是一个大胡子的男人，他一笑，眼角处的一个伤疤就聚拢在一起，像一条鱼。像极了。

　　我排在他后面，洗好了头发。

　　这时的理发店正在放一首外文歌曲，缓慢地唱，坚决不打扰别人的样子。我找了一本时尚杂志看，里面有不少女人的嘴唇，很红，很红。

　　这是一个有趣的理发店，进门你会看到艺术气息浓郁的博古架，最上面一排摆放着长相健壮的麻将牌，这里的每一个员工都没有名字，有的是绰号。譬如我喜欢的洗头妹是两条，这很形象，她瘦瘦小小的，线条简单，就像一个二条。而理发师是白板，他头发偏长，但并不怪异，长得也不好看，肤色也不白。我想不出他与白板有什么关系。

　　他大概是个有名的理发师，总是忙碌着。他爱跳舞，有一次他忽然问我会不会跳舞，所以，我就这样猜测他，但并没有问过他。

　　我喜欢猜测别人，且从不刻意去确定自己的猜测。

　　我看完了一篇介绍明星私生活的文章，就看到大胡子怪异的模样，彼时，他正在闭着眼睛和理发师白板说他们家的狗的事情，他的模样就像一个比喻，右半边已经被电推子收割成夏天末尾的麦田，可是左侧的头发依旧热烈着。的确，难以描述的、尴尬的模样。我想到了我自己，而下一个坐在椅子上的人看我。

人生中，我们总有这种一半是海水一半是火焰的时候，像一个半成品。但当时的我们并不知道这些，还以为完美着，显得真诚又滑稽。

我坐在那里看着那个人，看着他的头发像数学题一样越减越少。我甚至想象着他这个时候突然接一个电话该有多好。巧合，我的想象得到了验证。那个胡子凶猛的男人接电话的时候竟然异常的温柔，不停地说起狗，孩子肚子里的虫，还有地下室里的一桶植物油。我心里想，他真是一婆婆妈妈的家伙。

他站起来，声音突然紧张起来，连连地说，什么，什么，什么。他身上的碎发从罩布上滑落下来，沿着地写字，他的头发被理发师从中间分开了，一高一低，极为卡通。他的造型让所有看到他模样的人都感到快乐，那是发自内心的乐。他的模样，就像是一个幽默网址，每点击一次，就会弹出会心的笑料。

他的电话持续了多久，大家就笑多久。

他终于坐了下来。我等不及白板了，只好让绰号"发财"的理发师给我理。他年纪轻，笑嘻嘻的，说，有一个女老板，每一次一进来都找我剪头发。

我也笑。问他，那个女老板发财了吗？

他就答，发了大财，听说换了手机、房子还有男人。

他大概是说笑，我并不认真细究。

二条和店里的一个理发师在恋爱，听说二条以前是四条，但因为她不喜欢听顾客老喊她"死条"，所以，自己挑了一个二条。她喜欢的理发师姓张，大概绰号是三饼，所以大家都叫他张三饼。

我的理发师边给我理发边和旁边的洗头小妹讨论张三饼，说是"张三饼"应该换成"张三条"。那个洗头小妹就笑骂"发财"无聊。

发财就嘿嘿地笑，他的笑的确有特点，嘿嘿，嘿嘿，像被人胳肢了一样。

给我洗头发的二条是个喜欢韩剧的女孩，她的手指很长，我喜欢她把手指放在我的眼睛上，按摩的时候，她不像别的女孩子，不专心，又或者暧昧不已，她都不是，她很单纯地把我的头往自己的胸部上一放，手指像是弹钢琴一样弹着我的眼睛。那是洗完头发以后一个按摩步骤，每一次到这里，我就会呼吸紧张。如果这个时候，有一个人在旁边等我的话，他会看到我的变化。

我脸红了也说不定。二条是一个不满二十年的女孩，她的胸部偏小，她有时候会用一个毛巾垫在胸部那里，然后把我的头靠在那里。大约是怕头发上的水分未干。

每一次按摩完以后，我都会觉得二条是个值得恋爱的女孩子。我甚至相信她是专门对我这样的，有一次，我看到她对另外的男人敬而远之，一句话也不说，表情坚决地紧张着。

我经常等着二条给我洗头发，和她讨论韩剧中女明星的名字，我其实并不关心这些，只是无意中在新闻里看到这些人的名字。的确，也有喜欢的人，有一两个吧，譬如，我说我喜欢金素妍，她就会尖叫一声，她的确应该吃惊的，她说，她不喜欢她，她喜欢蔡琳。

她会做水煮肉片，我忘记是如何得知了。她的手机号码我也知道了，却从未打过。

直到有一天，她离开了。大概是失恋了吧。理发店新来的二条依旧还不错，给我洗头发的时候，老问我，要不要轻一些。我就和她说起过去的二条，她觉得很新鲜，听着笑。

　　发财依旧还在，在旁边喝汽水，他娶了老板娘，不敢再和这里的女孩子们打情骂俏了，听到我说过去的二条，像是找到了倾诉秘密的树洞一样，嘿嘿地笑，嘿嘿着，他笑得很贱。

　　我就问他笑得这么隐约做什么？

　　他就说，想起了二条和张三饼了。

　　原来是二条和张三饼恋爱告吹了，两个人一起离开了理发店。

　　发财说："她做过二条和四条，想要赢，只能夹三条，可是，遇到张三饼，三饼啊，夹不住，哈哈，夹不住。"

　　这个发财，拿着一份报纸，给大家读，说是一个男人遇到一个女人，那个女人抱着男人就哭个不停，说好难过好难过，男人以为是艳遇，安慰女人不要悲伤。结果，分开以后才发现，钱包被偷了，衣兜里还留了一句嘲讽的话：你以为天下有免费的午餐吗？

　　的确好笑。拥抱，这个温暖的词语竟然和小偷联系起来。

　　我依旧让发财给我理发，他心细。他的剪刀在我的耳朵边上一直咔嚓咔嚓地跳舞，他把我的头摁下去，又抬上来，他跑到我的左侧看一眼，又跑到我的右侧看一眼，然后又跑到我的左侧。

　　真的，我常常在他给我理发的时候计量，他到底走了多远，又用剪刀剪去了多长的头发呢。

　　只是遗憾的是，我并没有像他描述的那样，发了财。

特别喜欢汉字里象形的味道。

比如说从字，一个人跟着另一个人，为从。当然，如果我歪一些脑筋，一个男人跟着一个女人的身后，强迫她做一些难以启齿的事，则为胁从。从，是两个人的事情。特别喜欢戏剧台上的水袖女人流着眼泪的模样，而站在旁边的花脸男子则水腔云调地飘出一句飞白：娘子，你就从了我吧。

我忘记这是哪一出戏了，大约是《水浒传》里的高衙内吧。

总之，一个从字，传达出两个人之间的暧昧与波折。

且也是一个有趣的字，北京人喜欢说"且"，譬如他们说：且等吧！且能办成！且坏着呢！

和"切"不同，这个"且"有了一些否定的意味，"且等"，意思含有等不到的：你就且等吧，傻帽儿一个。

而"切"则不含转折的意思，北京在回应某人的话里用"切"时，多是女性的属性，表示失望或者抗议。譬如：切，你能不能正经一些。

那么，接着来说说"且"字，它也是一个象形的字，如果多看上两眼，你就会发现，它的样子和男人身体上的一个器官颇似。

在说文字解字里，"且"字的本义的确是男性器官，且是如何沦落成如今一个转折助词的，我不得而知，但在最初的汉字系统里，它的确应该是一个关乎身体接触、羞耻、暴露，甚至代表着性侵犯。

且，差不多代表着插入的意思。

如果以此种象形文字来判断最初的汉字起源的话，阅读《易经》是一个好的方式。

我想起"巨"字，巨在现代汉语中意思为大，是形容词，但看它的模样，长得像是两个生殖器官的交媾。这样深入的场面在古代并不奇怪，因为那时候连衣服也没有，这样做的目的有两个，一是可以取暖，二则是可练习那处器官使之变大。

现在说起生殖器官总觉得过于形而下，趣味低级，但在久远的年代，却不存这些禁锢的思想问题。在那个年代，生殖器变大，或者偶尔捡到一块石头，都有可能影响一个部落首领的位置。

巨字，就是这样变成了"大"的意思的吧。

既然"巨"的本意是融洽的男女关系，那么，如果加上一只手，则意思着正在做爱的男女被一只手推开。巨字加一只手，自然是"拒"，这样的话，拒绝的拒字，意思就说得通了。

"色"也是一个象形字，一把刀架在一条鱼的头上。色字的本原意思是指杀鱼，杀鱼做什么，大多是喂养妇女和孩子。那么，如果杀鱼是为了讨好一个女人的话，"色"字的延伸意思就可以理解了，"色"即杀鱼引诱女人，从而占有女人的身体或者是心灵。

"色"之所以后来变成各式各样的颜色，也和女人有关，因为，只有女人才会往身体上穿各式各样颜色的衣服。

既然"色"和女人的身体息息着，那么很快就可以将"女色"一词推行开来。

如果一个女人穿了衣服，则显得更为妩媚一些，那么"色"字包裹上一个"丝巾"，就成了"绝色"的"绝"字。

有一个笑话，这样说的：有一个女生非常好色，但是，她给自己取的网名却叫做"拒绝"。

于是，便有人问她：你为什么叫这个名字，你不是来者不拒吗？

她羞涩地说：你不觉得加上两个偏旁更含蓄一些吗？

噢。我终于恍然，而大悟也。

如果有一天，有人问我什么什么问题，我会回答：我拒绝。进一步呢，我会再答曰：且拒绝。

之二十三·阑尾炎

在医院里，我认识了一个单眼皮的护士，她正和她的男朋友吵架，给我输液的时候，用力过大了，针头刺穿了我的血管，手上起了包，异常的痛，我当时并不知道这些，另一个护士发现我的手鼓了，才连忙帮我把针拔了。

我醒过来，才知道缘由，我是喜欢那个单眼皮女护士的，见到她，并不责怪她，依旧伸出手来，给她。她大概有了心理障碍，一下没有扎出血，吓得连忙向我说对不起。然后让另一个年纪大的护士给我扎针。

一连几天，她见到我，都只是笑，不敢说话。我没有责怪她，给了她更多的压力。

在医院里，因为经常会看到一个人的死亡，所以人性得到最大程度的柔和。正是在医院里，我开始喜欢吃各种各样的水果，学会了向陌生人微笑，学会礼让别人。把最软弱的部分统统地显露出来，并觉得这样活着才算是踏实。

有一个急性阑尾炎的病人，是个女孩子，从手术台上下来以后住在了我的隔壁床，她一直孤单一个人，没有家人来照顾她。

她看书，还在一些纸上画病房里的人。画画的时候，她并不东张西望，仿佛看一眼，就把全部的色彩储存。我相信，我也是她画的人物之一。

一直到出院，我也没有和她说一句话。她的眼睛不看别人，她长时间沉浸在自己的世界里，不与人分享。她的书籍的名字很长，是物理学的，不对，也有可能，是化学的。

　　她大概是个研究生，因为，她年纪不算小了。

　　疾病让她有时间一个人静静地躺着，她的表情总是安静的，不急躁，不紧张。我相信是这样的，疾病把一个人变得温顺和善良。

　　我出院的时候，在她的床上拿了她的一张画，钢笔画的，是病房一角的实物，她竟然把阳光下的灰尘也画出来了。在光线没有进来的时候，我们根本看不到那些灰尘，可是，她竟然凭着想象画了出来。

　　我举起那张画，对着她笑，说：做个纪念。

　　便分开了，我们再也没有见过面。

　　有一次去这家医院取一种中药，我专门到了八楼病房，我曾经住过的那个房间里住满了人，陌生的面孔。

　　我住在38号床，那个床上是一个孩子，在吃东西，她的母亲，在一旁看着她。

　　那个得了阑尾炎的姑娘依旧在这个城市里，不知道她现在过得如何了，一定工作了，或者结婚生子。或许，她早已经把当初画画的爱好扔掉了，相夫教子，成了时间洞穴里来回穿梭的机器，扮演着合适的角色，失去了自己。

　　我后来，不止一次地写到那个得了阑尾炎的女孩子，还有一次，我用很长的文字完成了一场虚拟的恋爱，我和她。

　　的确有些好笑，我一直准备着和一个病人恋爱一场，我希望她的身体是不完整的。

　　譬如，她闭月羞花，却是盲女。譬如，她天生丽质，却不会说话。又或者，她身体不健全，想到这里的时候，每每又会犹豫，人性里的丑恶让我不甘心喜欢一个面容丑陋的人，也不愿意她有太多的身体障碍。

　　于是，我选中了一个得过阑尾炎的女人，她的身体的一个部位被切除了，从生理意义上说，她的身体已经有些不全面了，可是，从现实主义的角度来说，她却又毫无障碍地生活。

　　我经常觉得，有许多个女人的模样都像这位同病房的得了阑尾炎的女病人一样，卡在了我生活的日历中，不能翻过去。在真实中，这些人和我擦肩而过，或者是完全陌生，但在我的记忆中，她们逐渐被我笨拙的画笔修改，成为面目熟悉的恋人，或者是终老一生的爱人。

　　我有能力改变一个陌生的人，忘记一件旧衣服或者亲戚，甚至忽略掉自己某一时期重复建设的理想。我却无法忘怀那个得了阑尾炎的女病人。她在我的记忆中，已经虚似，成了任我重塑的代称，她的衣服、模样，我都不记得了，我只记得她喜欢画画，沉静在自己的内心世界里。

　　那个单眼皮的护士，后来，辞职了，我在一个小区的商场里见到她。她开了一个精品店。她认出了我，开心地叫我的名字。

　　我问她，你还能想起，和我一起住院的那个女人吗，三十九床，她得了阑尾炎。

　　她一点印象也没有了。她很调皮，说：你喜欢上她了。

　　我说，可能吧。

她哈哈地笑了，她说：这真是一件可笑的事情。

　　的确是这样，我经常做出一些让别人感到可笑的事情。这些事情让我对自己有新发现，让我乐于和自己朝夕相处。

　　我不是喜欢上她了，我是喜欢上她的模样和状态了。这样说，你懂吗？

　　我相信，你不会懂的。况且，你也没有必要懂。

有一部韩国电影，叫做《春逝》。我喜欢看。

我喜欢电影中流水的声音，下雨的声音，竹林在风中飘动的声音，以及女主角李英爱在小溪边哼唱的声音。

这些声音让人安静，让潜藏在内心深处的很多词语跳跃出来。我喜欢在写字的时候听到这些声音。

有一阵子，我喜欢上一本叫做《艺术世界》的杂志。很喜欢看里面的一些照片，艺术兮兮的。大幅照片将正在进行的热闹反复的日常生活彻底颠覆。或是嘲讽，或是赞美，均有摄影者自己站在高处的思考。日常生活中轻浮热烈的我们在照片里变得安静、沉默，当所有的陌生、嘈杂被时间过滤，生活就像从地下打出的水，经过了沉淀，变得清凉。

初看到那些照片的时候，我听到了照片里的声音，不是声音，是音乐，从一个陌生人的眼睛里流出来，从街道里流出来，从夜晚的路灯下流出来，这些音乐，瞬间把内心的空洞填满，那么舒适。

一开始喜欢女性，也是和声音有关的。我的一个老师，她声音好听，就喜欢她。

还有电台里一个声音幼稚的女主持人，也喜欢，还私下里打听过她，这些已经是工作以后的事情了。

后来接触过不同声音的女人，觉得女人是最接近音乐的动物，她们的哭是音乐，笑是音乐，连抱怨也是音乐。若形而下一些，女人的叫床声更是音乐。

因此，习惯把女人从音乐类型上分类，我喜欢通俗的声音，美声的和民族的都过于专业了，可以偶尔听，却不能常相伴随。

我喜欢生活气息的音乐，在厨房里，在公交车上，在下雨的夜里，在某个电影院的门口，在陌生城市的公用电话亭里，在这些场景里，女人的声音都是音乐。

我喜欢听《澡堂老板家的男人们》中秀景的声音，我喜欢听《上海滩》中冯程程的声音，我喜欢《鹿鼎记》中双儿的声音，我喜欢听某某音乐专辑中刘若英朗诵诗句的声音。

这些女性的声音像铺开在我眼前的花园，色彩斑斓，像蝴蝶，像季节快要转换时的一片落叶或者是一声叹息，让人听了后回到自己的内心，回到某一个事件的出发点。

有很长一段时间，我必须听音乐才能写字。

曲目及格调皆并不固定。听到的歌声关乎情爱，便写了大量的爱情文字，若关于亲情，便会念及自己的亲人。

还有一次，当着众人的面，我唱流行极了的一个曲子，到高音处，竟然流泪了。后来我很莫名其妙，觉得自己挺没有出息。再以后，复又唱此曲，同样，又流泪了。

仔细忆想，方知，有一次，我在电台里听一个观众边哭边唱给自己的母亲，她的母亲死了。

内心里虽然忘记了这样的情节，可当我发出声音，到了内心的某一个刻度，像是时钟的定时一样，大堆的已经发酵好了的情绪已经就位，只等我叫喊出来，便会泪流满面。

那天去理发。洗发液的泡沫灌入耳朵，外面的世界一下安静起来。

　　那是多么怪异的安静啊，和大雨夜的安静不同，和竹林里风声不同，这种安静因为缺少音乐而变得呆滞、麻木和黑暗。

　　真是庆幸。我时常能听到声音，它们都是音乐。

我的朋友高跟鞋是女文艺青年的标准答案。

不论任何时候，她的打扮都靠近电影里的某个桥段。她说话的腔调有出处，她包里的一个打火机的样式有出处，她最近喜欢上的男人的嘴形及笑起来的样子一定是她喜欢的一个男影星的样子。

她喜欢的男人多是奇怪的：有妇之夫，运动员，爱吃西餐的男人，留胡子的男人。

有时候，她会兴致勃勃地说她的接吻感受，说完以后看着我们，让我们也说一下，弄得大家都很尴尬。

她喜欢把隐私的一些小细节炫耀出来，私下里，我们嘲笑她有暴露癖。甚至，几乎所有的男人都把她当作性幻想的对象。

的确，她有姣好的面容，也有不错的修养和绝对安全的身体。在那些荷尔蒙盛开的青春期，她是为数不多的女性友人。

她的工作也像她的男友一样变幻不定。在电台做DJ的时候，她和一个自行车运动员谈恋爱，那一阵子，她说话速度很快，每一次都不停顿，把我们大家弄得很紧张。

她后来跳到一家地产公司做文案，说话又充满了地产术语，她有些词语实在是太房地产会议了，把我们笑倒。

的确，她是一个有趣味的女人，虽然生活放纵，却总能打开我们这些平庸的人的视野。

再后来，她跳槽到一家汽车销售公司，与我们生活的阶层越来越远，她陌生而去。成为我们怀念的一盒旧磁带，她的一些话经常被我们反复引用。

朋友圈中，有暗恋她的男士，叫红蜻蜓。大约是爱穿红蜻蜓皮鞋的缘故，他偶尔会带来高跟鞋的消息：在一个超市见到了她，她的眼影是紫色的；在电视上看到她去乡下捐款；在一封电子邮件里知道她结婚了，后来辞职了……

红蜻蜓的信息多是片断的，不能满足大家的闻听欲。于是便开始猜测高跟鞋的幸福生活：全职太太，生完孩子以后身材大约恢复得很快，依旧热爱看王家卫电影，看时尚杂志。又或者是不能满足于平淡的日常生活，在网络上找寻一段感情……

某一个庆典上，我见到了高跟鞋，她竟然素衣素面，简直让我以为遇到了她的失散了多年的双胞胎妹妹。

高跟鞋又开始跟我们聚会，她离婚了，孩子自然跟了父亲，她没有分到财产，因为是她出轨在前。她后来才知道，她在网上遇到的男人是丈夫雇佣的，两个人从第一句聊天，到最后上床都是一场表演。自然，她的演出是本真的。

我们都替她感到委屈，甚至替她的人生感到不平。红蜻蜓在关键的时候逃避了，他有了自己的轨道，需要他定期修护和运输爱情。

高跟鞋很快又嫁人了，出乎意料的，是一个口舌笨拙的计算机维修技术人员，他自然是不配她的，但是，她却满足地带着他和我们一起聚会。甚至，他的新任男人成了我们大家的技术顾问。

再以后，高跟鞋又淡出我们的聚会。她和笨拙的丈夫开始创业了，偶尔会给我们群发短信息，推销一款新式的电脑或者是电子产品。

每一次，她的产品都会被红蜻蜓带来，红蜻蜓用这样的方式开始了新一轮的暗恋。直到有一天，我们大家都以为红蜻蜓和高跟鞋有故事的时候，高跟鞋来了，她当着大家的面描述她和笨拙男的辛酸生活，说完以后，她又说："可是，我从来没有感觉如此充实和幸福过，所以，我希望红蜻蜓，还有你们大家把我当长年的朋友，而不是当年的小姑娘，再进行骚扰和幻想。"

那天，我们都喝多了酒。我们都觉得高跟鞋像一只蝴蝶一样，终于舞蹈完毕，成为安静的蛹蜕。生命不过是如此循环，繁华而热闹的生活是表演，安静而辛酸的生活是充实。

高跟鞋说的那句话成为我们新一轮的名言：活在这个物质的世界里，谁比谁更幸福啊，不好比较，冷暖自知。

是啊，我们不过活在自己的内心里。

之二十六 · 无色无味

　　看到一个女人的简介：无色无味。觉得好，抄录了下来。

　　这个女人我是识得的，她一直活在我的意念里。在我的某篇小说里，她是个日语翻译，我安排她在小说中和我谈恋爱，谈了很久，终于，没有结果。

　　我们通过很多封邮件，自然，不是在小说中。现实中的她，的确是个日语翻译。她在北京郊区里的一个工厂里，我有一次到北京去了，打电话给她，说：我想你。她便吃吃地笑。

　　终是没有见面，她不是个能打开自己的人。

　　完了吗。

　　嗯。就是这样，完了。

　　此前，她在邮件里发了她的照片给我，她站在某个草原上，被风吹得乱了，像一支适合在春天里听的歌曲。当时只是这样的感觉，她像是一支歌曲。

　　她有一张照片拍了五匹马，好看，我便配了诗句。

　　我们没有在即时聊天工具里见过面，通过电话，她的声音多是疲倦的。在我的想象中，一个女翻译，应该是喜欢沉默的，因为说什么话都像是别人说过的。在日常翻译的过程中，丢失了自己的话语。表达情绪的话语，骂人的话语，赞美的话语，通通是别人说过的。

　　有一次，我恶作剧，问她，是不是，现实生活中，只有在床笫之间的私语是属于你自己的。

她默认，让我狠狠地下流了一把，仿佛伸手触摸到了她的身体，心跳，还有她歌曲一样的姿势。

歌曲一样的姿势，这算不算用词不当。

我不喜欢在网络和陌生人说话，通常很恶毒。譬如，对方问我幼稚的问题，我的答案像钉子一样把人家钉死在一些有耻辱感的词语上，我会说：在尿尿，在拉屎且尚未提上裤子，在画女人的下体正缺少参照物，在刷牙并刷掉韭菜三根，在寂寞地放屁，在扭屁股且露出肥胖的肚腩，在偷看某某女邻居洗澡……总之，极尽我的想象，把那些通过文字抵达我的友谊一下子消解。让他们失望之至，甚至产生鄙夷，这正是我所快乐的。

我不喜欢别人误解我，不喜欢别人误解我是一个正人君子，也不喜欢别人误解我是一个流氓。

通常，我的朋友都是穿过这些带有体臭或者情色的围墙抵达我，他们宽厚，喜欢忽略阴暗的生活，他们让我觉得温暖。

事实也是如此，我不喜欢简单凭几行字就定性别人的人。往往，我会用粪便伺候他们，让他们远离我。

我们的一生时间太短暂了，短得来不及对一个女人仔细介绍自己，因此，我总想对每一个喜欢的女人说，我们直接脱下衣服好不好。

这样说，你肯定会吃惊的。

有一段时间，我也对自己有这样的表白吃惊过。因为，在此婚姻之前，我是一个庸常不过的男人。孝顺自己的父母亲，和哥哥相处甚洽，对友人忠诚异常。每天，我骑着自行车上班，在半路上买油条豆浆。到办公室里，给朋友写回信，签自己的名字时很用力。甚至在春节回家过年的时候，还给父母亲买鲜艳颜色的衣服，他们不敢穿出门去，在夜晚的时候穿上，面露喜悦。

像我这样一个乡下成长，身体发育较晚的男人，如何从佛的身上跨过，开出越界的花。

我不得不说出身体深处和身体浅处。和虚伪的大多数人不同，我一直活在身体的深处。我幼时的迟钝、笨拙或者是执拗，都源自于我活在自己身体的深邃处。我无法挣脱与生俱来的恐惧，我害怕这个世界上一切动静和变化。

邻居家的哥哥溺水死了，这导致我长时间不敢走近家后的池塘。我喜欢过的一个姐姐肚子大了，我总是怀疑，她吃了前街的一个孩子。

这些来自体内的担忧最后让我变得脆弱和胆小。我一直缩在自己的年纪后面，哪怕是到了念书的年纪，哪怕是后来年纪渐长，但仍然对世界上的一切心存疑虑。

这些身体深处的疑虑随着时间的流水慢慢被洗得干净，发白，像陈旧的书包和刻在树干上的陈年字迹。

但是，只需要一次火焰的点燃，这些隐藏在身体深处的疑虑会在转瞬间变成可以燃烧的冰，升腾成火苗，升华成喘息和颤栗。

最先点燃我的是我的历史老师，她的眼睛很大，像钉在旧年月的两个灯盏，照耀着我。我喜欢在校园里某棵树下面等她路过，闻她身体的气息。从那时起，我喜欢上有花朵气息的女人。后来，她被一个老教师弄大了肚子，和那位教师的老婆在校园里厮打时流产了。这些我都没有看见，她消失了。

大学时喜欢上的那个女生，穿一身绿裙子，像荷花一样。给她写了情书，夹在一本书里，她没有看到。大约是丢了。后来她病了，我给她送食物，在她的房间里坐了一会儿，说，我走了。就下了楼。很希望她叫我的名字，但没有。便结束了。

工作以后便谈了恋爱，一点也不热烈，像两个初学下棋的人，每走一招都思虑半天，自然，双方的身体都是疏远的。单位里有一个打字员，身体上有一股青草的气息，我天天坐在她的身边做事，有一个周末，我趁她不注意，吻了她一下。谁知，她一下躺在我的怀里。

我看到一条河流从春天，不是，从夏天的某个村庄流淌过来，淹没了我。

我吻了她好多次，觉得仍然不够，觉得她的嘴唇是一种点心，而我正是那个饥饿的孩子。

那个时候已经确立了恋爱关系，所以，我慢慢疏远了她。

直到有一天，她突然领了一个男孩子来看我，介绍我说：这个人我喜欢过，你看他怎么样。

每每想起她，都觉得，她是一个好孩子。

多数人都会理解甚至赞美男女之间的身体的幽避，我婚姻之前的感情经历很是符合大众审美中的身体节制。

只是，这些节制，若发生在肉体已经成熟的成年男女之间，则显得虚伪和浅薄。

活在身体的浅处多是美好的感情萌芽阶段的故事，我无意于炫耀自己的单纯还是节制，我只是想说。和活在身体的深处相比较，这些浅处的身体显得纯净、无色无味，像流水一样，容易把人带回童年。

世界总是布满灰尘，洁净的东西只存在于忆念之中。所以，当我们一步步滑入社会深处，那么，我们也就一步步跌入灰尘深处和身体深处。

用什么来表达我们的知觉和敏感，只有从身体深处找出钥匙，打开这个世界属于我们的感情空间、阅读空间、创造空间……

打开自己以后，我发现停留在切面上的词语多是关于理想的，而这些理想沾染了太多的污秽，如果想让内心干净，必须要走很远的路去寻找答案，要唱很多的歌曲来驱散寂寞，要种很多的树来绿化视界，要触摸不同的心灵来交换体温。

体温。这是一个气息模糊的词语，但是，我信任它，我觉得，它差不多能解救我们的一切。

体温是属于母亲的，是属于寂寞的。总之，夹杂着怜悯和愉悦。

在网络上谈情说爱，多是可耻的。因为，网络让人蒙上了虚伪的布条，多数人都是百度爱好者和精液输出狂人。但又隐忍着自己，不停地用某个键复制和粘贴着来源不明的甜言蜜语和饱识词句，想来都让人呕吐。

若是能在网络上一开始就撕掉对方的衣物，所触到的，也许是对方急于隐藏的表情和羞涩，但是，也必能遇到若干合适的有体温的面孔，让人觉得愉悦和温暖。

身体的深处隐藏着我们真实的人性，它有繁杂而完美的感官系统，身体的厌倦和喜好合理地打通我们的智慧，并超越现世的尘埃。

我是一个理智的人，我喜悦于自己的这些理智。但我知道，若没有身体深处的某些欲望，我的理智只能把我逼到平庸的界内，不能动弹。

对于活在身体浅处的人们来说，身体是一个不能随时打开的匣子，里面的很多内容都关系着自己的名声和威信。我很看不上这些人。

我喜欢洗干净自己的身体，用身体阅读一个女人，我个人感觉，每一个女人都是一个不同的世界，这一生，我一定会细细地穿越她们，描摹她们，歌颂她们。

身体。它解构了我们的身份和学识，它是对道德的嘲讽和反对。我对衣服的要求从不过分，因为，我知道，纵使再华丽的衣服，也不可能包裹住我的阔大的内心。

我的内心里储满了先后经历过我生命的女人，她们用不同的体温把我内心的季节规划分明，让我知道羞耻的旁边是节制，快感的旁边是苦痛。

包裹得最紧的物品只有两种，一种是没有成熟的果子，一种是尸体。我都不喜欢。打开自己，打开得多一些，最好，脱光衣服。好了，你获得宽恕。

　　和一旧同学通电话。说起一女子，我们仿佛在一起吃过饭，年月太久，已经模糊了。

　　这枚女子习音乐，钢琴弹得甚是好，中央音乐学院毕业后至某大学教书，身材曼妙，模样算是上好。

　　只是此女年过三十又四五，却从未恋爱。此女和我同学系闺中密友，前几日单位体检时，有一医生鄙夷地说：处女膜这么厚。

　　此女痛经，常常惊天地泣鬼神，有一次，同学目睹她晕倒过程，细述不得。

　　模样甚好，自然并不乏男子追求，但是此女有精神洁癖，与男人说话不多，便否定了别人。这枚女子崇信爱情，及至今日，仍信誓旦旦地对同学，若是没有心动，便不会和男人恋爱。

　　我在话筒听毕，说了一句：此女欠强奸一次。

　　这话何其恶毒。但却是有效药方，此枚女子的处女膜将她与诸多洁净的词语拴在一起，仿佛不能触摸其他男人淫荡的眼神和庸俗的暗示。若是此枚女子的处女膜破裂，或者在身体的其他部位有了瑕疵，那么，自然，她会把目光的标高调整。

　　这个世界的美好和污浊不会在瞬间发生变化，不过是我们自己的眼睛清晰又或是模糊而已。

　　我说出了我的观点，同学亦表示赞同。

这枚女子长时间痛经，导致无法工作，有一次正在上课时晕倒，惹得同学们纷纷猜测。之后，此枚女子大量服用药物，将经期推迟或者抑制，由此产生的雄性激素，使得此女性冷淡，女性特征渐失，乳房变小，声音变粗。此女也很痛苦。

　　但是，她依旧不能容忍自己的身体由自己不爱的男人进入。

　　有一次，一个年纪大的女医生告诉她，你快些结婚吧，不是为了爱，而是为了治愈你的身体。

　　用一个男人治疗女人最隐私的疼痛，这是一个老医生的药方。

　　同学知我写小说，说，此枚女子这么疼痛，都能忍住，不知她内心究竟有什么不可言说的秘密，你可试着写一写她。

　　我半开玩笑地说，我能写的不过是表面的东西，表面的欢喜和悲伤，真正内心里的别人，我无法写。我只能写我自己的内心。

　　可是，不管一个人的内心如何隐藏，最后不都表现在自己的脸上吗？同学说。

　　想来也是，一个幸福的女人脸上是不会露出悲伤的表情的。

　　她笑吗，平时。我问。

　　也笑，不怎么放荡，我极少见她露出牙齿。同学答。

　　她牙齿不好看吧。我问。

　　嗯。她牙齿有些黄。同学答。

　　我知道了她疼痛的原因了，因她牙齿不好看，所以她极少笑，因为她极少笑，所以她内心里很多个细胞得不到暗示，因为内心的细胞没有快乐暗示，所以慢慢淤积便成为疼痛，因为疼痛，便会克制自己，因为克制自己，便会有洁癖。而因为有生活洁癖，便会影响到精神。最后因为有精神洁癖，她不得不死死地把守着自己的感情防线，最后导致自己的感情长时间得不到释放。只能疼痛。我说。

那么，你的意思是，牙齿不好看的女人就痛经了。同学问。

哈哈哈。我答。

我只是说出一只大象的局部。我说，以后若是有时间，我会把这头大象另外的局部观察一番。

同学大概是怕我对此枚女子有什么不良的企图，连忙遮掩起来，说她性格也内向，从不喜欢和不懂音乐的人交流。

我只好对同学说，那么，恭喜这枚女子，因为，我虽然懂音乐，从不喜欢和别人谈论音乐。

挂断电话以后，我陷入长时间的沉默中。到底是什么样的枷锁，使得这枚女子把喜欢和爱情看得这么重要。

佛家有语云：执著必失去。大约，此女正是过于执著了，所以她注定失去。

若是对于身体，则不必太执著，若是对于心灵，则更不必执著。无心无身，便可得大智慧也。

在舞台剧中，如何来表现一男一女激情的做爱场面呢。

由廖一梅编剧的《恋爱中的犀牛》在京城上演的时候是这样设计的：男女主人公在跑步机上追逐，挥汗如雨。

这是一场比喻，欲望在奔波的过程中得到了释放，这让我想起了第一次读弗洛伊德时的感觉，弗洛伊德老师对一个前来解梦的女子说：你晚上梦见爬楼梯，说明你想做爱。

女子有些莫名，觉得弗洛伊德老师是个好色的男人。但是，很快她就被弗洛伊德的分析打动了，弗氏的理论大致是这样的：爬楼梯是一种喘息的、登高的、负重感很强的运动，在梦里爬楼梯，若醒来后还记得清楚，那么，一定是梦里的某种状态具有延时性，譬如想念一个男人，譬如疲倦感，譬如难以表达的兴奋感和愉悦感，这些都是可以延时的。而这种状态，均和性爱有关。弗洛伊德还说道："不仅仅梦到爬楼梯是想做爱，梦到蛇，梦到在船上躺着，梦到吃甜的食物皆和性事有关。"

打开《梦的解析》这本书，你会被充斥在我们脑子里的性爱念想惊讶，甚至怀疑弗洛伊德是个恶作剧爱好者，故意整一些比喻来暗示我们的生活。

只有熟悉人类史的人才会重视弗洛伊德的观点：身体里的某种意念才是最为真诚的意念，它不变化，有规律，可以作为参照物。

身体毕竟是一切哲学和意识的体验原点，离开了身体，一切都是笑谈。

福柯曾经以自己死亡的体验来说服大家，死亡是有快感的。他的体验来自于他身体虚弱甚至虚无的全过程，就在他被疼痛挖空，慢慢飞翔的那一瞬间，他感觉到这个世界上的一切都是彩色的，是可以飞翔的。

这种美好的体验的支撑点，是身体某处的疼痛和难过到了极致。正是由于此种经验，才会有后来的性虐待者，以及性取向异常者。

当然，福柯同学本身就是一个同性恋者，他在身体上疯狂之极，让我们这些平庸的人不敢靠近。

日常生活中的我们常常是双重生活标准爱好者，在剧场里看到《恋爱中的犀牛》，看到两个在跑步机上奔跑出汗的人，觉得这个剧相当唯美。可是，一旦回到自己的日常生活中，我们又会对无意中窥到的某场性事感到尴尬，恶心，甚至觉得那是最为丑陋的事情。

这就是潜藏在我们内里的婊子逻辑。

如何能撕破内心里的那件羞耻的布幔，你才会真正懂得羞耻。不是穿着一件厚厚的衣服，使用特殊的用语便可证明我们不是婊子。不是这样的，是多看看王阳明先生的文字，要懂得知行合一。

中国传统文化中多讲究隐士文化，隐而不露，然而，真正的隐士少而又少，多是一些没有气节的文人。这种浅薄的传统文化滋润出来的文字多是花哨而本质虚伪的东西。

我们活着，终是要活在身体里。而不是活在表里不一的婊子逻辑里。

在跑步机上追逐的那对男女的台词是这样的：所有的光芒都向我涌来，所有的氧气都被吸收。我觉得真是好。这句话，不空洞，它属于身体内部，像一只乳房一样，有润泽的弹性。

开始的时候，是我们在走，最后，是我们走散了。世间的事，大多如此。

第四辑
私生活

我喜欢铁观音这个名字，它属于乌龙茶。

一杯茶刚泡出来的味道，是浓郁的，像喜悦的话。需要马上就喝，才能喝出那新鲜的味道。若是一杯茶，泡好以后，放在那里，很久，渐渐变凉。那么，他会有怨气。

如同，我们去寻人，不遇，被晾晒在一旁，一直很久，我们才被发现。那么，这时的我们，多少有一种不受注意，或者没有价值的失落感。

茶也一样。我亲眼目睹一杯茶水由浅红，变深红，最后变得暗红的过程。那茶叶里最为深邃的秘密，都被水吃下。那水变得混浊。

喝一口，便有了苦涩的味道。

茶的苦，有时候和茶本身的味道没有关系，而是和时间有关。

是时间往世事里加入了苦味。所以，每一次泡好茶，我基本上是马上喝掉。

这样，看着那茶水一杯一杯变淡，仿佛，我看到自己的生命一点一点回归到最初一般。

变淡，那是我们每一个人的宿命。

之二·肉眼

在《三联生活周刊》上认识一个叫赵洪澎的山西人，他是一个地道的农民，贫穷，有牛四头，喜好吃烤干的馒头，大约五十几岁。这位只念过小学的职业农民，前几天凭着自己的肉眼观察，准确地预报一次地震。一时间成为山西的新闻人物。

他长时间生活在田野里，他对气候非常敏感，他的父亲给他留下了两本书，一本是《青年知识手册》，一本是《山西省气象志》。他对天文知识的认知，完全靠经验的累积，譬如在接受记者采访时，他的原话是这样的："正月初一的天气对应正月一个月的气象，这一天早、午、晚的天气状况，可以判断这个月上、中、下旬的天气。如果正月初一早上是晴天，那么，正月上旬基本就是晴天，以此类推。"

他的预测能力，给一些周易爱好者提供了兴趣点，很多人和他联系。

然而，他并不熟悉周易，他所熟悉的，不过是最为基本的天气、农作物生长、家乡的动物的反应等肉眼能捕捉到的信息。

对于科学来说，肉眼，其实是一个贬义词，因为有很多东西，肉眼无法看到，譬如电流，譬如磁场，譬如核，譬如纳米。

但是肉眼却又能根据看到的最为普通的事物来预测或者辨析一些高科技都不能达到的事情。

这个农民用最为基础的一些行为告诉我们。我们每一个人，如果能观察好身边的人和事物。如果能了解个人的内心纹理，知道自己最远能走多远，最久能爱多久，最平庸能多平庸，那么，我们便可以预测出自己的明天的天气，和是否有命运上的灾难。

之三·味道的欺骗

在郑州永泰寺吃素餐时，有一款用豆制品模仿制成的牛肉，竟然和真的牛肉味道雷同。当时只是和大家伙发出一声合拍的惊叹，便结束了怀疑。

明明不是牛肉，却照旧让我们吃出牛肉的味道。

《潜伏》里，当余则成一边看书，一边拼命地摇晃床框时，我们马上就会联想到他要制造的声音效果。可见，声音也多是欺骗的。

有一次在电影院里看《泰坦尼克号》，当我听到中文配音演员几乎是用性高潮一样的声音来诠释台词时，我一下子从正在动容的剧情里跑出来。

我知道，这部片子是译制过来的，里面说中文的是我们的一个配音演员，她是用什么样的情绪把一个女人富有荷尔蒙气息的声音吐出来的。

从那部电影以后，我对配音有了特殊的喜欢，常常试图从声音里来辨认我是不是曾经听过她的声音，我甚至经常猜测发出声音的这个女人的模样，喜欢穿的衣物。

但屡屡不得要领。

和声音一样，味道也是一种欺骗。

香水修饰了肉体的味道，布纹修饰了桌子的味道。相对而言，我更喜欢本真的味道，它经得起时间的擦拭。

爱情，也是有味道的，据法国昆虫学家法布尔的试验表明，一只雄性的蚕蛾会对铁丝网里的雌蛾动情不已，在雌蛾身边舞蹈翩翩，而对不远处密封在玻璃器皿里的另一只雌蛾无动于衷，原因就在于味道。

男人和女人为什么拥抱在一起，多是和这种叫做"费洛蒙"的味道有关。有诸多国外的科学家根据男女身体的特点，做了诸多的试验，终于发现了女人身上是有这种费洛蒙的。这一发现刺激了诸多的商业厂家，至今，全世界已经有诸多的催情药公司，以费落蒙为幌子，然而，至今仍然没有见到其忠实的用户出来，为其证明。

味道是食物的一种，哪怕化作了虚构，绑在爱情身上，却仍然有相应的保质期。

我个人觉得，最好的保质方法，便是洗去身体上的其他异味，只留下最为本真的味道。需要盐，便溶入盐，需要糖，便加入糖。

那么，这种自然主义的费洛蒙，或许，可以让身体的磁场慢慢依赖上某个坐标，让挑剔的梦境落在固定的玉米地里，让已经疏松的螺丝锈在善意的长椅上，结实，安静，可靠。

之四·皮外伤

这两天小腿处长了两处奇痒的红斑，每天晚上洗澡的时候都遇到它们，借灯光细阅，才知，是前几天收衣服，在阳台被一截断木刺中。当时剧痛了片刻，便忘记了。意料不到的是，它还是连续剧，一连过了几天，仍不见好。

大概是被水浸泡得久了，有小小的已经化作脓疮的伤口。这是一种完全可以忽略的疼。若是坐在那里没有事情，用我丰富的联想来观察这个伤疤的话，会在一瞬间感觉到它的存在，是有些稍微麻木的疼痛。

我洗净了伤疤，揩净水滴，涂了药膏，然后静静地看着那药膏在皮肤的表面一点点被吸收，身体里有一些说不出的感觉，痒，还有些被春天的干枯的草地扎了一般的微弱的疼。

然而，这仅限于我无事的时候拼命地挖掘，往内心里挖掘。长时间的生活平淡会对个人的感触造成伤害，如果一个人对生活或者身边的事物视而不见，那么，他一定不会有创造力。而，一个没有创造力的人，活着，只不过是任时间猎杀的猎物，或者一朵被悲观主义的水浇灌长大的花朵，只能给人提供精神的乌云，别无用处。

我大致不喜欢这样，我总会对日益重复的自己警惕。我不是一个喜欢冒险的人，但这绝不能证明我可以容忍平庸。平庸是一个中性词语，它是我们多数人的宿命。在时间的河流里，如果找不到合适的稻草，那么，只有被冲到大海里的可能，大海，不过是一个收纳平庸海水的容器。

价值往往也是因为平庸者的陪衬而凸显出来，对于个人史来说，某一阶段的平庸也有可能蕴积一定的能量，从而使自己像弦一样紧绷起来，射出去，射中长远的目标。

这是一个良好药方，用来自我疗救。

在平淡而日常的生活里，我们极有可能被熟悉的事物麻痹，被一些甜蜜的食物欺骗，被笑脸绑架，被内心里积淀的自信迷惑。所有这些，都会让我们对正在处理的繁琐的事情失去耐心，会忽略每天都路过的环境与人，会丢掉和自己身体接触的一切泥土，身体轻飘起来，直至有一天飘扬起来，成为被风吹去的落叶。

这只是比喻。现在，已经有了现实的例子。我最要好的朋友，他对日常生活的忽略，让他的工作显得窘迫，他有上好的资质，通过努力，他终于找到了他自己的位置，在一家影楼做摄影师。他一开始投入了极大的热情，把人像放大，把光线调得柔和。计算时间、阳光，甚至色温。他对工作精确到别人无法承受的地步，挑剔、精细，甚至独断专行。终于获得了赞美，也获得了较好的物质回报。

然而，一年以后，他便被影楼辞掉。他日复一日地重复着拍照，生活变得单调、乏味。女人的美好和幸福的表情让他难以理解。他甚至一看到婚纱就想呕吐。

他不能承受这些重复的节奏，或者说，他被这日复一日地的重复给刺破了皮肤，虽然只是皮外伤，但他却不懂得如何及时地处理疮口，最后恶化，伤及了内心。

到了阳台上的断木，或者是生活里一些尖利的眼神，都会受伤。但这也不过是一些皮外伤，只需要稍加打理，就可以愈合。生活常常有的，不过是这样的一些皮外伤。只需要洗干净伤口，涂上药膏，便可以重新感触这个世界里的疼痛了。

疼痛，是美好的提醒，它让我们远离平庸的伤害，让我们及时整理自己的内心，重新上路。

　　昨天下班时向同事学说海南话，总觉得海南话太折磨舌头了，几乎每一个字的读音都卡在半空中，让我有力气也使不上。

　　我有时候想，海南本土的一些女孩脸型瘦小，是不是也与海南话有关。每说一句话都得用舌头无数次，所消耗的能量比之内地人说话要多出数倍。话语和声音的纠结甚至也能影响到心情，譬如，同样一个意思，在海南方言里，极有可能需要曲折地用舌头搅拌多次，才能完整表述，那么，这其中所注入的气息和时间，要么化成爱情，要么就化成怨恨。一个受众群体偏狭窄的方言，其语言效果往往具有隐秘性。尤其是在一个陌生的境地用自己的方言做一个围墙将旁观者隔离开来，除了保护自己内心之外，还起到了炫耀个人出生地的广告效应。

　　我常常面对一群说广东话或者说海南话、闽南语的人束手无策，觉得，他们是一群语言的窃贼，偷走了我们的东西，却又让我们察觉不到。

　　正是因为方言的隐秘气质，所以，我常常喜欢一些说方言的女孩子。我觉得说普通话的女孩子过于普通了。尤其是一些普通话较好的女孩，我联想到她在暗夜练习发音的情形。联想到她像一个商品一样，用标准的话语挂在人群拥挤的橱窗里，供大众欢喜。

　　方言却不这样，方言用它特有的泥土气息注释了它的小众。几乎，喜欢上一个说方言的女孩就意味着独有一般。

大凡让人会心的东西，其实，多是专属窄狭的东西。一首优美的诗歌，用方言阅读出来，便显得滑稽，像一件工业产品佩了一件纯手工制作的外套一般。同样，若是一个由方言写成的作品，若是用普通话演绎，则一定会丢掉许多况味。

方言是一种地方性叙事，它注释自己的同时，也为日常生活和沟通制造了藩篱。尤其是在我们生活的这个消费主义的当下。总觉得，方言是一种尚待刷漆的旧式家具。然而，殊不知，那些傻瓜们，刚刚给一件旧家具刷了漆，却被一个鉴定方告知：你的旧家具本来价值五万，因为你追求新鲜刷了漆，只好当作柴禾卖了，五毛钱一斤。

之六·乐章开头的部分

对生活，我长于开始，却屡屡不能持久。

某次参加书法活动，看着那些书法家泼墨表演，每写一个字的开头，便被人猜出要写的内容，便觉得无趣。

多数人的一生其实都不过如此，叛逆仅是因为无知，大方仅是因为表演，正直仅是因为刚刚被欺骗。我看到过无数短裙低胸的女人变成厨房动物，我看到过无数浅薄无知的学人兜售深奥的人生哲理。努力积累的目的不是丰沛自己的内心，而是为了表演。那种看到开头便可猜出此人一生结局的故事，几乎天天在身边演绎。

我有时候会幻想自己是个天才，在书写任何一行的开始都会有变幻无定的创造。然而，终究是幻想，我渐渐步入一个个日常谜语，被一个个人猜中。工作，为了糊口而不停地挣扎。结婚，为了家庭和社会稳定而躲入某个规则里。写作，为了虚荣而不停地和词语过不去，试图打碎它们，并收容它们。

我们时常容易忘记乐章开始的部分，那样舒缓、随意。

我常常想，对于很多人来说，走着走着，就忘记了开始的部分，它们被流俗击中，成为谜底固定的谜语。而我却总因为怀念开始，而不忍心走进去。

我常常因为没有进入角色而被人嘲笑，但，大家都不知道，正是因为没有进入，我才在另外的音乐里，听到你们在半途上的哭泣声。

开始的时候，是我们在走，最后，是我们走散了。世间的事，大多如此。

之七·宏论

我常常分裂成自己的敌人，厌倦自己。

那厌倦并不过分，像是雨水洇湿过后的衣裳，有些潮湿，却拧不出水。这些湿润是一些提醒，接下来，我需要靠近阳光一些，否则，内心便会长出霉斑，绿色的，或者黑色的，附着个人史上，成为执著而莫名的失落。

成年人的内心常常有巨大的漏洞，若是一道光线射过来，我相信，只能照彻一个人内心的局部。其他部分均是阴暗潮湿的山谷。欲望被光线打捞出来，成漂浮在河流上的叶片，遇到食物，便会饥饿；遇到疾病，便会身体强健；遇到异性柔软的，便会成为兽类。

兽总是有锋利的意思，割破，又或者袭击。兽暗藏内心里，就像夜晚的危险事物，若是我们一生都不曾遇到它，我们无法断定此物的臧否。

世界上诸多命名常常缘自于大多数人的判断，我时常站错了队伍，我同情很多坏人。在我的虚构里，强奸犯善良，他有世界名著般的曲折故事，但是，我们多数人没有时间去走漫长的路途，抵达不了他的内心。相对于了解一个人的沧桑，我们更喜欢朝一个人吐唾沫，那多过瘾啊，显得立场坚定。

我的斑点很多，最开始出现在脚上面，我总想不出这些斑点的来源。

茶水的颜色吗？还是思想的碎片？

身体是一个最为执著的场域，它贪婪之至。但身体又是意念的附着地，它负责生长一切意念。佛家第一要素便是戒除身体的欲念，然而谈何容易。若没有满足，便不得生长。没有富裕，谈什么怜悯。没有获得，谈什么失落。没有生殖器，也就没有了佛祖。

身体的审美伴随着我们的一生，无相，其实是一种夜游状态。一旦睁开眼睛，春天是春天，夏天是夏天。即使你失明盲耳，依然有其他可以借助的感官。最难的不是避开，不是在纯净的水里洗澡，而是深入在肮脏的尘世里，去和欲望交媾，在灰尘里种下种子。若没有自私和羞耻，把你扔在乐园里，你会找不到自己。

我看着自己霉变了的皮肤，我觉得，我已经同化在尘埃里。那是一个无法洗干净的标签，譬如贪婪过后的大悟，觉得应该放下刀子一样的贪婪，应该救赎自己。再往后的行走中，哪怕我成了佛，依然还带着胎记一般的霉斑。

常喜欢在夜晚的时候伸开双臂睡眠，那是对身体的书写。伸向远方的手臂，在梦境里飞翔起来，变成鸟类。身体肢解成灰尘、花朵和佛珠一样光洁的语言。

有一次，我梦到自己趴在一个女人的身体上，醒来以后，便发现自己的体温升高了。淫欲被一个柔软的东西化解。暗夜里，任凭你在记忆的船上刻下再深的印痕，天亮时，这艘船也会开向遥远的地方。

我看着身体上的斑点，心里想，莫不是，这也是某一次欲念刻下的印记。洗不去，便是拥有。

这一生，我们拥有多少善良，便会拥有多少罪恶。我们只能挣扎，晾晒内心，让荒芜的地方继续荒芜，但至少，它不再潮湿。

之八 · 密集的事物

除了信任、想念和出汗，密集的事情还有很多。

譬如失望。要寻找的地址始终不出现，又或者并不知道走错的方向，越走越远离找寻的目标。具体的事情总隐喻着更为庞大的主题。我总觉得，阳光里含着密集的目光，光是阴谋的一种，它将时间分成性别分明的两半。每每黑夜来临，我都会觉得陷入时间的猜测里，那是一种密集的消失。

我们被各自的生活吞没，食物或者爱情，这不关时间的事情，但是时间依然密集地布满你的身体，只是，用黑夜的方式。

相对于躲藏，我宁愿寻找。找到属于自己的字词或者衣裳，找到属于自己的河流或者内心地址。我相信，我们一生都在找寻东西的道路上，获得的同时减少了内心的仓储空间。

我常常想做一个周游世界的人。我给和我擦肩而过的人编号，这一定是一件好玩的事情。若是我有充分的时间，我想跟踪他们，看看他们最终通往哪里？他们会不会走出我的猜测？

生活像个巨大的骗局，用微不足道的利益便使得我们钻入某个圈套里，多数人的一生都站在某棵樱桃树下，他努力跳跃了一生，却始终尝不到樱桃的滋味。其实，他只要放下利益，转过身，往另外的地点走上一走，便会发现超级市场、哲学书和催人舞蹈的音乐。

不得转身，是源自内心密集的信任。信任生活的湖水里有鱼，树林里有风吹树叶的音乐，床上有故事曲折的女人。时间擦着我们的肌肤远去，我终于并没有给所有与我擦肩而过的人编号，又或者，我只是编了部分号码。对如云朵般繁多的陌生人，我除了选择路过，别无更好的办法。

个体对抗时间的方法有很多，但却无法隐匿于时间之外，这就是悲伤，密集且无法稀释。

将日记本上的数字涂改，将钟表摔坏，将窗帘拉上，将电话线拔掉。却仍然被时间密集的锋芒击中。这些锋利如同饥饿、孤独、欲望和胡须一样，固执而充满体温。

人在时间的河里，需要变换多少姿势，才能不被河水呛着。这是我在意的事情。

姿势与表演的距离模糊，有些表演本来便是真相，而有些真相却是被时间制造的姿势。喜悦常常像色泽鲜美的水果一样，到了第二天便显得暗淡。对于密集的时间来说，一切都有腐烂的危险，包括我们的信仰。

如何才能让时间慢下来呢，它们过于密集了，像花朵，像春天飞翔的蜂，像融化过后的水。

速度常常得益于参照。速度也是让人厌烦的。用力地，快速地追逐一个目标，之后呢，获得喘息。其实，若是时间允许，不妨让速度减下来。或者为了放慢速度，我们从前天开始启程。这样，也一样能赶上阳光出来、火车停下。

在灰尘里分辨清洁的精神需要慢一些，在河水里找到细小的蝌蚪需要慢一些。

　　忽然就想起那些极端的人，是什么样的孤独洞穿了他们，时间把他们洗成雕塑，呆板、寒冷。

　　一个把自己关牢笼里的画家，他用一年的时间和孤独相处，时间一点一点剥去他的矜持，他不看报纸，不与人交谈，不看电视，不听广播，不写信。他漂浮在时间的真空里。

　　他到底想要寻找内心里藏匿的什么？

　　是羞耻吗？是母亲的小名吗？是佛祖的舍利子吗？是第一次进入女人身体时的那一声沉闷的频率吗？

　　究竟是什么样的内心矿藏支撑着他来到这个悬崖上静坐，沉默的一侧是绝望，饥饿的一侧是恼怒，空虚的一侧是无聊……稍不注意，便会从孤独的悬崖上跌落下去，摔成内心的粉碎。

　　后来，这个孤独的人做了更为极端的事情。他和一个女画家用一根八英尺的绳子拴在一起，整整一年的时间，一起吃饭，一起洗澡，睡觉，一起演讲，接受采访，一起上厕所大小便，一起谈论哲学和飞行的高度。但是，他们不能有任何身体上的碰触。自然，包括性生活。

　　再也没有比两个捆绑在一起的人更具有比喻意义了。两个清高的人，有学识的人，被时间捆绑在起，他们比喻了婚姻、工作、创业以及所有的男女关系。然而，当时间密集在两个人身体上，一天二十四小时捆绑在一起，每一天都被无限多的放大，差不多，一天里两个人相互看的时间就超过正常夫妻的数十倍。

时间在两个人感到疲倦的时候停了下来，那是被参照过后的一种错觉。时间并没有为他们两个人设置软卧车厢，但是，两个人总是感觉时间如一只拖了重物的蚂蚁，走走停停，终点在悬崖的遥远处，绝望而无法抵达。

　　时间是一个无法折断的树枝，尽管，它像其他普通的柳树杨树一样，分为春夏与秋冬，分为白天和夜晚，时间甚至是阴性的，它长时间呈现出妖娆妩媚的模样。但是，它无法物化地停泊下来。仿佛是一列被设定了无穷尽的火车，所有在上面的乘客都不能中途下车，直到被火车甩下来。

　　火车，或者其他交通工具是时间的一个近义词，他常常用速度和时间赛跑。那是一些小范围的赌注，庄家在暗夜里微笑，因为他故意输掉了一些没有地方摆放的散碎银两。

　　找到了丢失的物品、遇到缘分的恋人、用奋不顾身的奔跑终于让亲人避开了一场事故……所有这些，都不过是时间的狡黠。

　　昏黄的光线下，我们被时间扮饰成风物。在更为阔大的空间里，我们每一个人都不过是一个碎片。碎片，可能会被废弃，也可能会被当作补丁，打在耀眼的广场里、图书封面上、河流里，甚至更为坚固的桥基里。但是，我们该如何摆脱碎片的命运，这是最重要的挣扎。

　　要在时间的画布上画出自己。要吃苹果。要背叛自己。要念诵经书的前半部分。要喝苦涩的水。要融化自己的身体，变成泥土或者带刺的黄瓜。要在毁灭的路上拯救自己。要有良知。要笨拙。要让时间在自己的身体里发芽，春天发芽，夏天也发芽。

时间不是河流，不是食物，不是恋情，不是身体，不是哲学书中后部分的深奥。它种下一切，却不收割，它收割一切，却不告知，它告知一切，却不解释，它解释一切，却不预示，它预示一切，却不改变，它改变一切，却不知疲倦。

之九·大乘的钱

昨天去解放西路买盗版碟子，已经选好了碟子，突然想起，钱包里的钱仿佛只有十几元。

于是，只好把那个《我的兄弟叫顺溜》扔下了。

将钱包清空后才拿到了《越狱》的第三四季。而后去附近的邮电局ATM机上取钱，噢，他妈的，这个机器旁边排了很长的队伍。

这些取钱的人们穿着各种体面的衣裳，转身消失在人群拥挤的海口解放西路。解放西路是海口能见度较高的道路之一，我这里所说的能见度，是特指能见到胸部丰满的女人的度。哈。这条路像一个谜语一般，每天都聚集大量的人前来，盗版碟、走私烟、减价衣服、臭豆腐等等，物质在这条街上呈现出灿烂的色彩。更让我感觉到后现代主义的是，这条街上有海口市最大的新华书店，而且还有那么一批坚定不移的文艺男女在二楼看着安妮宝贝和郭敬明，这实在是滑稽。

解放西路大约是条东西向路，但并不规则。海口就是一个没有规则的城市，这一点从城市规划上便可以看出来。路北端的小街上坐着一个赤裸着上衣的疯子，他在专心地吃一份从垃圾箱里翻到的剩饭。他除了吃饭，还不时用很高分贝的声音对着路上的行人叫嚣。他的胡子很长，若是打扮好了，穿上干净的衣服，去一个广场上表演这种疯狂的叫嚣，我相信，他可以挣到一份足以填饱肚子的薪水。

城市里遍布这样的人，究竟是他们自己选择了这样的生活方式，还是我们忽视了他们。

我常常觉得自己是不会变成有钱人的，因为我很害怕自己富裕，我怕自己有钱了，看不上天天努力写字也不挣几个钱的这种日子。我享受自己贫穷的生活现状，比起那些更为贫穷的人来说，我有相当丰裕的家底可以供我以后长时间的不工作，但比起那些奢侈的富翁，我又有足够长的目标可以追逐。

　　我痛恨钱财。但是，我知道，迟早有一天，我会有钱的，我要把我的钱，都变成大乘的钱，用来救赎有梦想的人。不需要你多有梦想，只要你能忍受贫穷，我就会救赎你。
　　但是，极有可能，我救不了他的贪婪。

一则小说的简要部分如下：

一对恩爱的夫妻，却养出一枚不孝的儿子。大约在儿子身上灌浇了太多希望，约束和反弹碰撞得反而激烈了，儿子离家出走。一去无踪。于是，故事开始。父亲每一年便要出门去寻找儿子，范围越走越远，每一次都失望。用尽了方法。看新闻，去戒毒所做义务劳动，去凶案现场看死亡人员的尸体。总之，一有风吹草动，便无法安然。

这样的情状持续了二十年，母亲因为思念儿子过深，患了眼疾，赋闲在家。父亲也提前办理了退休手续。

整整二十年的时间，夫妻两个每天在各种内心的坎坷里度过。终于有一天，他们相信了一个非常坏的结局。儿子在一次打架斗殴中死了。

是儿子中学时的女同学告诉他们的。当时，因为打架的几个社会青年都被抓进了监狱，所以，父母亲一直找不到任何线索。

直到这些人判了多年出狱之后。

这对夫妻，用最为美好的二十年的时间享受痛苦的袭击，一次次地在深夜里失眠，相互安慰又相互扶持。

直到他们相信了儿子已经死了的这个说法，他们突然决定换一种生活方式生活。

他们重新找到了味觉，春天的颜色，笑容，甚至，在切菜的时候，妻子切到了手指，疼得大叫。

丈夫哈哈地笑，他很开心。也很心疼。他为他们终于找到了痛觉而开心，又为妻子流血的手而疼痛。

生活有无数个剧本，导演也分为劣质的和优质的。

其实，抽取故事的装饰成分，大家都生活在共同的背景下。并不需要所有的故事主人公都丢失孩子。麻木而重复的生活同样会使人丢失痛觉。麻木、呆滞，其实是对活着的一种轻视。路过生活，而不是深入生活，这差不多是当下的写照。

不论是孩子丢失，还是被物质诱惑进一条尴尬的道路上，二十年的代价都几乎让我们的生命荒废。孩子丢失了，对于一个家庭来说，这绝对可以悲伤一辈子，但我觉得，它不应该成为一个生命就此荒废掉的根本理由。找寻也好，悲伤也好，但最终不能让情绪左右了自己的意志。若是我们不能从生活的小坎坷里走出来，那么，生命如何派发我们接下来的任务。我们又该如何利用生命和体温创造更为价值的时间。

痛觉是我们深入世界的唯一密码？撞到黑夜的墙壁上，我们才知道光明离我们有多远。被生活的菜刀割破身体后，血流出来，我们才应当记住，避开生活最为锋利的刀口，朝生活最为柔软的部分攻击，获得丰硕的果实。

把自己打磨成一把带尖的刀具最好，时刻都能划破生活的假面具，能领略到真相和碎片。敏感以抵达敏锐，坚强以达到坚硬，不需要锋芒毕露，但必须锋利无比。

之十一·暗夜里我听到内心里一棵树的
叶子落下来的声音

食物是一个十字路口，它属于时间。食物是身体的一种，它来到今天，在每一秒每一秒的河流里洗涤自己。食物内心里布满历史，它的成长也是时间。

我熟悉自己的食物，细细的面条被水煮沸了以后的味道，这是一种相互告诉的过程。我熟悉自己的饥饿，开始的时候，饥饿像被别人揭露的羞涩。总之，饥饿不是语言能抵挡的事情。

电视机是一个会说话的道具，里面的男人常常说：我真的很爱你。

而里面的女人则面无表情，她们不需要这句话，她们需要汽车载她们到遥远的地方。

夜晚的时候，一个人的生活显得稀疏。我把十本书放在一起。我把它们打乱，又摆放整齐，又打乱。

电扇上面的灰尘说明了时间的主要成分，是的，时间是灰尘。每一天，我都要洗澡，我要将一天一天从自己的身体里洗去。我要在夜里回到最初。

我数壁虎的数量，它们一直藏在房间里的阴暗处，观察我。我一直认为壁虎是一个值得托付的朋友。相处这么久了，它从未出卖过我。

我喜欢夜色渐渐浓郁，吹笛子的孩子停止了。楼梯里的脚步声停止了。夜晚回到夜晚那里，我回到我自己的身体里。

食物的气息隐藏，我开始在内心里追逐时间，昨天，昨天我停在哪个路口，我捡拾到了什么。在我睡眠的时候，我的身体去过哪里。我手里握紧的东西会不会像沙粒一样，无论我如何用力，它都将微笑着，离我而去。

我该在内心的河滩上种什么样的树木，我的树叶子在秋天的时候，会不会落下来，化成泥土。

或许会的。深夜里，那个电视剧里的女人，幽怨地说了这么一句。全剧终。

　　小区的黑板挂在保安亭旁边的墙上，不是十分大。却也悬挂得周正，四四方方的。

　　每一个月初都会写上催促住户或者租住户缴纳水电费及物业管理费用的通知，内容大同小异，字竟然不难看。这是一件让人愉悦的事情。

　　个别时候，黑板上也会写一些数字加减的公式，一看便知道是物业公司职员算账时随手写上的，数字歪斜着，直到一场小雨来，洗净。

　　雨水过后的黑板有着欢喜一样的透亮，那是吸纳一切色彩的黑，是态度决绝的黑。我常常在看到黑板的一瞬间想到纯洁的物事，相较之下，其他颜色都掺杂着莫名的利益，暧昧不明。

　　小区里的人，除了两枚同事，多数都是陌生的。又或者是熟悉的陌生人。

　　有一个低矮的男人，开一辆屁股庞大的汽车，他仿佛脾气好。总是对着那个姿色并不出众的老婆讪笑。他们有一个女儿，总是哭。我见他们的次数较多，差不多每天早晨都要遇到他们。我在阳光里伸懒腰，我数别人家阳台上衣服的数量，特别无聊。我需要等同事一起走。这个时间，他们便出来了。每一天的顺序都不变化的，男人把垃圾倒掉后，回来开车，女人和孩子随后出来。

　　我们楼洞的陌生人较多，楼上有一个吹笛子的孩子，他喜欢在夜晚吹。断断续续的，有两三年了。私下里，我喜欢过他对声音的坚持。但也讨厌过，我觉得他太笨了。我幻想他很快就能成为一个熟练的吹奏者，把夏天的炎热吹走。但是失落得很，他像一只蝉，每天重复单调的乐符，像个认死理的争吵者。

还有一个东北老妇人，在楼道里经常遇到，也说少量的问候的话。"出门了"，"回来了"，"买了菜"，"吃过饭吗"……她借过我一百块钱，时间很久才还。借钱时说是马上还的，但她仿佛是忘记了。以后见到她，她完全没有提过钱的事。我甚至犹豫过，要不要提醒她。后来觉得钱太少了。

每一次和她在楼道里相遇后，我都会想起一百块钱可以买一套张爱玲的全集，还可以去明珠广场的八楼吃十碗刀削面，还可以在福山咖啡喝五次咖啡（当然是我一个人）。想多了，又会笑。

大约过了一个多月，四十余天也说不定。东北老妇突然来还钱了，解释的话也很简单，说是儿子出了事，一直不能给她打款。她的话很东北，说"卡"在那里了，钱就是来不了。

我自然笑着接过来，说，没事没事，我都忘记这回事了。然后一边送她走一边觉得自己真虚伪。是啊，我不但没有忘记，还天天盘算着一百块能吃多少碗刀削面。

果然，拿到钱的那天晚上，去吃了刀削面。

在黑板上看到了我的名字，在角落里，有些正楷。依旧不错。我猜测是收水电费小吴的字。他喜欢穿迷彩服，睁大眼睛看人。他眼睛大。头发三七分开，样子挺英俊。有一次他去我那里抄水表和电表的数字，看到我堆在沙发旁边的书，十分羡慕。说了一堆恭维的话，大概想要表达他以前也喜欢看书。

过了几天，他带着工具来敲我的门。我有些惊讶，问他有什么事。他笑着说，你那天不是说要一个水阀吗。我今天没事，过来给你加。

他一只手拿着一个电锯，另一个提着一个黑的工具包，正是中午的时候，有些热。我一愣，突然想起抄水表的时候我们的对话。我也只不过随便说一句，让他有时间帮我加一个水阀。那天我大概有一些文字需要处理。不希望他打扰，连忙抱歉地说，我没有买水阀，还要换一个水龙头，现在正用的水龙头一直滴水，夜晚安静的时候，我听得真切，像是有人在舞蹈一般……

他把鞋子都脱下来了，光着脚，他习惯这样，光着脚板进别人家里，以示礼貌。听我那样说，便羞涩起来。他下意识地往我的房间里伸了一下脖颈，像是确认一下我房间里只有我一个人。总之，他大概以为我房间里有别的女人。笑嘻嘻地离开了。

第二天，我便买了全套的工具，他却又没有时间。直到一个周末，他才带着上次的家什来。他光着脚进来，在我的房间里来回走了几圈以后，确定了他的方案。

我打开电视看，海南新闻，先是一些领导在街上捡烟头，打扫卫生，然后是检查街道。有一个女孩子，一边吃鹌鹑蛋一边随手将蛋皮的碎块丢在路上。自然，她被城管执法的队伍揪住，先是命令女孩子回过去，将自己丢的碎蛋皮一点点捡拾干净，然后又开了二十元的罚款，然后又处罚女孩再打扫十米远的人行道。

小吴也和我一起看新闻，我说，这些城管执法人员，今天特别严格。我正要说话，小吴兴奋地评价说：这样做好，看看这些人还会不会随便乱扔东西。

其实，我正要说的是，执法人员可以处罚女孩将蛋皮捡起，但罚款是不对的。因为处罚权非常模糊。如果乱扔东西污染了环境，那么，开车排放尾气的人呢，在大街上制造噪音的人呢，甚至再说得苛刻一些，穿睡衣上街破坏大街形象的人呢。最重要的是，这些罚款的去向，是不是要公告百姓，最后是进入了私人的腰包，还是进入了公共环保服务系统了呢。

当然，我不能和小吴说这些。他激情不已地赞美，恨不能自己生活的城市干净、整洁。谁能说这愿望不美好呢。谁能否定这想法不是积极的、向上的呢。只是，每一件事情背后都隐藏着难以言明的悖论。

不知怎么的，那天，我突然想到小区的那块黑板。问小吴，那上面的字，是不是他写的。

他用手挠挠头，羞涩地说，是。我连忙夸奖他的字写得好。他像个孩子，干活很卖力。干完了活，还把我厨房里他弄脏的案板擦拭得干干净净。

黑板上又一次出现了我的名字。这一次名字写得不好看，有些没力气，就像半蹲在一个角落里去伸手捞一个丢失的东西一般，差一点点距离，无论如何也够不着。看到我的名字时，我就想到这样的情形。

是早晨八点钟还差一刻的时间，阳光已经铺满海口，像热情的歌声。值班的保安是个胖子，偏于中年。他说话却是软绵绵的，大概是海南本土人。我问他，黑板上的特快专递呢？黑板上有两个名字，前面大约是个女人。叫做吴洁。那两个字也不好看。洁字的口字部分没有合拢，像张着嘴巴的一只鸟。

我曾经有一阵子沉迷于心理学，对关乎人的眼睛、嘴巴和内心的话语以及字眼，均有敏感过分的洞察力。譬如，我常常用莫名其妙的原理猜测别人。譬如一个人的名字里"口"字部首较多，那么，我便会猜测：此人擅长说话。或者内心里隐藏着无数的话语，需要表达，要么，她成为演说者，自然，也有可能成为怨妇。要么，她成为作家。之前，我的朋友中，有一个叫周洁茹的女作家。这次，这枚叫做吴洁的邻居，也让我无端地猜测起来。

胖子保安没有钥匙。我不能取出特快专递。便听从了胖子的话，坐在一张小椅子上等。说是一个女的有抽屉的钥匙，她出去买早餐了。

早晨的时候，小区里的人并不多。我认识的几个人都走了。借我钱财的东北老妇人大约回了老家，已经好久不见她了。

有一个妖媚的女人从一栋楼里闪出来，她把保安的眼睛吸引了。我看到保安眼睛里的欲望，保安看我看他，别过脸去，用脚把地上的一口痰涂了。

那个买早餐的女子迟迟不来，我的时间像阳光一样，从树缝里渗漏下来，时间的走动像一群会搬家的蚂蚁。一阵风吹过来，我听到时间在地上爬动的声音。

叫吴洁的女子竟然是个时髦的年轻女孩，她大约搬到这个小区里不久。她也和我一样，来找她的特快专递。我闻到她身上飘来的香水味，有些像木头，又有些像烟草，那香味并不固定，闪烁着。她的手机铃声是一个孩子的哭声，声音很大。突然炸响，让人颇感不适。想不明白她为何用这样奇怪的铃声。

她接电话的时候，身体拧成一股麻花，一直拧着。她的脚尖点着地，往一边旋转，又旋转。我和保安两个一起担心她会不会因此摔倒。她拿捏得很好，像个圆规，虽然一直旋转，但中心的脚针扎地很稳。

等得不耐烦了，她先走了。她的手机刚停下就又响了。她走路的姿势好看，走了很远，依然能闻到她身上的香味。

保安和我无话可说，在地上找蚂蚁，用一根长长的木棍驱逐。他大约时常玩这种游戏，他很投入。

我不知道该怎么称呼他，我站起来，用脚踢了一下旁边那只露出海绵的沙发。说：怎么还没有回来，我还要赶上班。

保安头也不抬地说：快了。要不你晚上回来再看。

我承认，我是个好奇的人。知道我地址的人少而又少。有谁会给我寄特快专递呢。我甚至恶作剧地想，会不会一封获奖通知，诺贝尔、六合彩、五好男人、脚趾不是十分臭等，不管什么奖，只要奖金丰厚，我都会准备千字答谢词的。哈哈。

我沉浸在自己的意淫中，时间滑过了八点。锻炼身体的人们陆续回来。

同事出差了，我需要自己坐公交车去单位。那班公交车稀少得很，我不得不再一次催保安，问他有没有女子的电话，打个电话。

保安摇摇头。他已经不追逐蚂蚁了，他半蹲在地上，一边拿着一个报纸的版面，一边用树枝画数字。

我知道，他在计算私人彩票的中奖号码。

一大早，两个陌生的男人，做了相同的中奖的梦想。在海口这样一个私彩疯狂的城市，也算正常。

我在保安亭看堆在桌子里的信件：对账单、内部杂志、金融类报纸，竟然有一封信是私人信件，手写的信封，落款的地址是一所中学。是学生给家长的信件吗，又或者是笔友之间的通信。这年头，手写信件已经成为稀有读物。我对着那封手写的信封发呆。翻看下面的信封时，正好看到了信封角落里的注释：五月十七日的照片。

原来信封里装的并不是信件，而是一张照片。过去的年代里，每一封书信里都是一个饱满而温热的故事。然而，现在这些故事都转移到了手机短信里、电子邮箱里，或者像QQ一样的即时聊天工具里。普通的信件更是基本处于丢失的边缘。特快专递，速度让信件飞翔起来，让过程变短。

不知从什么时候开始，我开始反感这种快速的节奏。秘密迅速被传播，分享一件东西不能持久，人的欲望从过去的单纯到现在无限制的吸纳，而却越来越不易满足。

那个持柜子钥匙的女子迟迟不来，把我的时间无端拉长。

我在那里翻了一会儿小区的私人信件，除了熟知一两个人的名字之外，一无所获。我知道，这也是城市给我带来的疾病，即使是同住在一个小区里。我并不关心他们。

仿佛和疾病无关，和游戏规则有关，城市本就是一个隐私遍地的地方，无论我们如何将陌生人友谊成熟悉的人，我们仍然无法分享对方的任何隐私。

我给小吴打电话，小吴的手机号码挂在保安亭的里面。仿佛他是我们小区的负责人。接通了，声音里带着睡意。

我有些不好意思，问他，有没有保安亭柜子的钥匙。刚说完这句话，胖子保安突然大声说：来了，来了。他的声音虽然增大了，却依旧是软绵的。

我看到了手提满袋食物的女子，偏胖，模样是模糊的。她实在无法具体描述，眼睛在眼睛的位置，没有任何神采，鼻子在鼻子的位置，嘴巴仿佛大了一些，嘴唇有些厚，却不是性感的厚，偏于难看。她和胖子保安的模样有些相似，说话的声音也像。

我以为他们是俩夫妻呢，却不是。两个人一举手一投足都保持着良好的疏离感。女人的手里有数不清的品种。油条、豆浆、生白菜、生鸡蛋、西红柿、黄瓜、大葱、袋装细盐、生抽、袋装醋、丝瓜……她仿佛有收藏癖好，差不多，那个十字路口的小菜市场，每一天无非就摆放这简单明了的几种菜蔬。

我的名字一定是她写的，因为，我发现她的手指粗细不均匀。那种粗细不均的力量一定会使字迹变得歪斜不堪。

她有些冒失，紧张地给我开锁，一脚绊了一下，踩碎了一个鸡蛋。

那个保安在一旁笑话她，大早晨就踩碎东西。我补充说，没有关系的，碎碎平安的。她仿佛以前听过类似的安慰。很开心地向着胖子保安重复，就是嘛，碎碎平安。

然而，却并没有我的特快专递。只是上次的特快专递信封上的一个复印单子落在了这里。他们以为就和邮局的包裹单一样，有了单子，也要通知呢。

我叹息一声，将那团纸揉了揉，扔在了一旁的垃圾池里。

胖子闭着眼睛在沙发上养神，那个女人将我的名字从黑板上擦掉，她对文字没有任何感觉，不是一个字一个字擦拭，而是不假思索地，一把抹过去，黑板上我的名字便模糊成一片苍白了。

一辆汽车从外面进来，下来的人是个高个子的男人，白衬衣很白。我避开一辆出门的车子，往门口奔去。上班要迟到了，大概。

　　我突然不喜欢十四路公交车。我坐在靠后一个位子上，前面的女孩，她的手不停地抓向自己的后颈，不停地。后来，我看到了那个红斑，是一种难以忍受的红，我能想到，手上的尘埃触到皮肤时所产生的那种痒，皮肤的洁净被一种外来的灰尘摩擦。我看到红斑中心的已经化了脓的白点，那是生活在她的身体上刻意打下的印记。

　　忽然觉得，自己遍体都是一样的红斑。

　　旁边的一个孩子，不停地打她的妈妈。我也不喜欢他。

　　有一个老是咳嗽的老人，有一口从遥远的时代留下的浓痰在他的喉中，无论如何也吐不出来，我也不喜欢。

　　我有些敌意，对四周的一切。

　　去印刷厂取一个校样本。我突然不喜欢那个印刷的机器，不停地吐出来彩色的好看的纸张，不停地。像个骗子，不停地说好听的话。

　　我没有力气了，坐在路边的一个树根下翻手机里的号码。

　　终于找到了心疼豆腐的号码，我们有多长时间没有联系了。为了向她表达我不是一个危险的男人，我不会破坏她的生活。我从不主动联系她。我其实已经将她忘记了。

　　打通了，接电话的声音有些粗，年龄偏大。一问方知，打错了。

　　号码换了，我坐在那棵小巷的榕树下，旁边是一个垃圾车，有一辆拖拉机慢腾腾地从我身边过去，还有两个穿着制服的女人，很奇怪地看着我。我也决定，不喜欢她们。

　　我不知道坐在那棵树下有多长时间，有些行为艺术。每一个路过我的人，都会看我一眼。我一定是面孔呆滞，惹人厌烦或猜测。

　　我是被一个小孩子叫醒的，他一边走一边踢着一个塑料袋子，一直踢，一直踢，喜悦着。他真简单。

　　我跟着往巷弄的出口走，走到出口，他突然一脚将那个灌满了空气的袋子踩爆，有一声炸响，我看得出，他有一种满足感。他真是简单。

　　我又一次坐到了十四路公交车上，我坐和来时同样的位置，我喜欢这样。

　　这次没有看到红红的斑，却听到甜蜜的情话，羞涩着，不必猜测，因为，讲述者将故事的梗概说得明白：她在汇报自己都做了什么。

　　我突然想起一个陌生的女人，网友。发神经，发了短信给她，只说了一句，有些难以言说的苦，你陪我喝酒吧。竟然得到回应。

　　我真感激这个世界上原本存在的宽容，这枚叫做蚊子的网友，我们从未谋过面，不知职业及底细，只知道，她挺有精神洁癖。当初我们大约是话不投机的吧，我问她胸部，她笑笑，不答。我又问，她便发了火，语气紧迫，急着和我划清她的话语底线。我对此表示不屑，觉得她可耻。

　　后来她主动找我聊天过，我恶意直奔她的身体，惹得她束手无策。只能说我无聊透顶。

　　那正好适合我，我乐意接受得厉害，根本不再作任何解释。

　　我不喜欢把甜蜜的话语对一个陌生的女人讲。尤其是这两年，我几乎丧失了喜欢另外的女人的能力。

究竟是什么样的变化，让她在莫名的情况下，决定陪我这样一个"无聊透顶"的人晚饭。

在明珠广场附近见面，想象中，她应该比我大，或者说不定是个模样难看的女人。

出乎意料的小，无胸，不难看，幼稚的脸。我擅长这种第一次见面便熟悉地领她走，她不能确定是我，在后面问，我是方便面吗。

我们喝啤酒，她比我能喝。不知道说什么，她的模样和她的话语有些脱钩。

问她喜欢吃什么，她很坦率，说喜欢吃肉。

我笑了，说，无肉不欢。

之前，我们两个用了很长的时间看菜单，找不出话来。我不可能对她说什么，也没有兴致再扮演文化流氓证明自己不但识文断字，而且床上功夫不错。

我的脑子里，只有一个女人的名字。我在想，要不要，用橡皮擦，一下一下地擦掉。

她在想什么呢。

她没有想到我是个胖子。胖子，这个词语我遇到了不少次。在我固定去的中医按摩院，听那些中医学校毕业的女孩子们说，她们给每一个客人取外号，一开始，我是眼镜。后来眼镜客人多了，我便堕落成胖子。

我从来没有觉得胖子也是一个赞美，可她说出来，我觉得，是赞美。因为，她实在找不到话来说，只好用陈述的语气开场。

周围是一帮武警，在那里大声叫喊着喝酒，每一杯都喊。这给我们解了围，不时地将目光转过去，然后相视着，碰一下杯。

我喜欢那啤酒的味道，叫做力加红冠，我觉得，那是挺能安慰人的啤酒。在胃里翻过寂寞的一页，停在眼前。

蚊子。她喜欢唱歌。大概有了孩子，睡眠不好留下的眼袋，还有因为贤惠而稍显粗糙的手。我细细地看了她几遍。觉得，网络也常常给人误解，在网络上，她就是一个我不喜欢的装逼女人。

只是，我们显然不是同类，我们找不到交叉的地点。虽然她很善意地试图找到一些安慰我的话。我甚至相信，她一定前不久遭受过什么不幸，不然，怎么会对我这样一个陌生人的一句话这么敏感。

她最多的时候喝过五瓶啤酒，然后又唱歌，完了以后，还步行一个多小时回家。还有，她喜欢在阳台上浇花，看着水溢出花盆来，觉得好。

她的描述让我知道，这是一个文艺女青年。这也是她之所以这么长时间都没有删除我手机号码的原因。

难道，她知道我的职业？

试探过后，才知，她并不知道我的职业及其他。

她只是觉得，我有时候的话像个孩子。

这真让人吃惊。

我吃素。我说。

她便吃肉。

我去卫生间尿尿，而后回来，她去。

她的手机响了，一直响。我真有恶作剧的想法，接过来。如果是她的老公，那么，我的这一次恶作剧，便也可能改变了她的生活。这自然只是我一瞬间的想法，我理智得很。

手机接连不停地响，她回来时仍在持续。

她并不回避，接通以后，说，知了，知了。便挂了。

知了，这是一个可食用的动物的名字。

我特别想抽烟，问服务员，竟然没有。要出去买，便作罢。

平时，我不喝酒，不抽烟，不赌博，不嫖妓，几乎无任何不良嗜好。但是，今天特别想抽烟，对，我想抽那种特别粗的，最好呛死拉倒的那种。

她自然不抽烟的，只说一句，不喜欢抽烟的男人，便不作声了。

饭吃完了，便无话了。各自翻看自己的手机，我喜欢随手删除短信息。这是一个好习惯，也是职业病，我几乎喜欢删除一切没有用的文字。自然，这包括短信息，和并不温暖的网络调情。

问她住在哪里，问完了，便觉得不妥。她说了一个模糊的方位，我知道那个地方，但仿佛挺远的。

她问我住哪里，我也说了一个模糊的词语，那地方果然是她所陌生的。

我们就这样，猜谜语一般地对坐着。我觉得挺无趣的。我说，我们走吧。

她很警觉地问，去哪里？

我说，各自回去啊。

这句话大概出乎她的意料之外，她坐在那里没有动，说，不去喝喝茶吗？

我想说，好啊，但说出来的却是，肚子没有空间了。

　　我们也的确不适合坐在一起喝茶，我们不会讨论人生，不会讨论股票，也不会说理想，更不可能说感情。我们坐在一起，只能将惆怅的浓度增加，而不能减少。

　　分开后，坐公交车返回家。风一吹，头有些晕。酒水清洗了我之前的胃部，我所有的感受，都被酒水浸透，有些凉。

　　在公交车上，想了几秒钟，删除了这枚女网友的电话号码。

　　刚删除她的号码，便收到她的短信，说，不要经常发短信给她，她不方便。

　　噢。我回了一个字给她，觉得，一瞬间，她的模样便模糊不清了，甚至，我们到底说了什么，又吃了什么。被一个陌生人温暖的感受，也在一瞬间消失了，很多个词语丢了，找不到了。

　　步行回住处，走了很远的路。有点累。我连脱鞋子的力气都没有了。我摔碎的碗在厨房里，一共两个，第一个碎了十多片，我听到了裂碎的声音，那天晚上失眠，脑子里响着的，便是这声音。

　　唉。

开始的时候，是我们在走，最后，是我们走散了。世间的事，大多如此。

辑外辑
也算后记

方便面3号，是我用了很长时间的一个网名。

这个名字，一开始隐藏得很深，像是一个恶作剧的孩子，负责对日常生活进行反对或颠覆。又或者像一件夜行衣，我穿上他，进入一些陌生的剧情里表演，一会儿调戏女读者，一会儿又潜入现实生活中的某辆公交车上，观察某个女乘客乳房的尺寸以及身上的味道，并从这个女乘客身上的味道来猜测她昨天的性事质量。当时，我的博客基本就是如此叙事的，所以，围观者颇众。未几，便被推荐至天涯社区的首页。这是2005年的事情。

网络有时候是一个跳蚤市场，声音最大的那个人生意好，有裸体女人在旁边跳舞的生意好，有礼物可以送的生意好。记得我的博客声名鹊起的时候，有一枚上海美乳写作者名曰木木，也特别出名，她博客里有两句话大约是这样的：如果你觉得我的文字不错，那么，我顺便也让你看看我的乳房。

当时博客尚是新生事物，哗众取宠者容易引起关注。方便面3号在彼时便是一个哗众取宠的ID，他是我虚构出来的一个人物，补充我日常生活的很多缺陷。

然而，世事总充满了诡异，我差不多已经忘记了，究竟是哪一天，方便面3号扮演不下去了。噢，想起来了，仿佛是送书。博客火爆的时候，全国正轰轰烈烈地上演着超级女生，喜欢李宇春的被称为"玉米"，彼时我喜欢张靓颖，被称为"凉粉"。几乎是没有悬念的，方便面3号的粉丝被一个有才的女网友定义为"面粉"。

那一年我的第二部长篇刚刚签约不久，在上一年度刚出版了长篇小说处女作《我们都是坏孩子》，很意外的是，书被盗版，封面被换，连小说名字都被换成了《我不是坏女生》。因为在一篇后记里留下了我的邮箱，我收到了数以千计的读者来信，最让我惊讶的是，他们最小竟然只有10岁，小学生，一个被养父骚扰的女孩子。我忘记是如何处理这些读者来信的了，总之，我当时浅薄极了，觉得自己很快便可以成名，那种假装大牌对自己的读者不理不睬的事情，如今觉得特别苍白、虚伪。有时，也会羡慕那些旧时光，觉得青春真好，稍稍有一点点才华，便可以自恋不已，不必看世界的脸色，总以为世界上所有的果实都只需要我用力一跳便可以摘到。

答案自然是一道多选题，我并没有抓到最好的纸条。

给"面粉"送书不久，博客便开始出现大量的留言。方便面3号这个虚拟的人物第一次和现实中的我合并。任何有关真实的信息传递出去，都会破坏一个虚拟的ID，关于这一点，我有些始料未及。此后，尽管我又用方便面3号的虚拟身份或者性格写了大量的文字，但是，对于一些渐渐熟悉我的面粉来说，他们认为，那就是我的生活细节，不承认也不行。哪怕我在博客里贴了一篇旧文字，在文字里我到了广州开会，便会有广州热情的网友给我留言，留电话号码，不停地在博客里质问我在广州哪里开会，直到我上博客回复文字是旧的，而我并未在广州，才算了结。

好在，我在博客里经常隐藏真实的自己，只经营方便面3号的面孔，那是一张怎样的面孔呢——和生活中的我稍有些区别，曾经有网友总结过方便面3号的模样：瘦（我曾经的模样）、高（很惭愧，我不算雄伟）、美人。总是有人猜测我是一个女人，故意写一些男人的文字，来取乐或调戏大家。

我本应该一直躲藏在这些猜测后面，发笑。可是，渐渐竟然有同城的"面粉"，甚至还要求一起吃饭。一个周刊的美女编辑直接从博客上偷稿件，还在作者介绍里搞错了我的年龄，她猜测我是一个心理咨询师，整天听别人的倾诉，所以，才有这用不完的墨水来写离奇的故事。

我那时候一直在一本青年刊物做编辑，是同行。于是，方便面3号成为一层经冬的窗纸，风一吹，便破了一个洞。

博客是一种新型的人际关系，它是一幕很大的墙，我恰好去得早，占了一个好位置，在墙上贴了一篇文字，于是不停地被转载，被抄袭（也有过不少次，甚至还有一个80后男孩靠抄我的博客泡女孩，竟然还成功了），被传播。有一度，我沉浸在这些虚拟的欢乐里，不能自拔，仿佛，每一天，看不到别人的评论，就会觉得，生活里少了一把盐，滋味不够。

也正是从写博客开始，我学会了扮演自己的陌生人，又去充满好奇地阅读陌生人。知道世界的层次并不像我们经历的那样，世界层次太丰富了，分别是黑色、深色、浅黑、黑褐色、深灰色、浅灰色、灰色、灰白色、白色。的确是这样，从黑到白，经历的色系有十余种，而我们的世界观告诉我们的却是，不黑即白。这自然是一种狭隘的人生观。

这些色彩比喻了一种人群，如何在现实生活中区分他们，如何学会倾听，将他们当作一本书的单页，合理地布置他们，组装在一段对话里，或者一篇小说里，是我在博客上学到的东西。

我及时地写下了他们，还有我自己。我认为不完全是我自己，是我的另外的一个部分，他叫做方便面3号，本来是我虚构出来的，只是，他有些耍赖，经常偷偷地穿上我的衣服去和不同的女人约会。于是，我不得不将他收回。

这样说有些滑稽，但的确是这样。我们终将回到自己身体上来，那些偶尔矫情的小清新，只能伴随在某一个阶段。当时间将夏天的湖水染绿，莲花映日，我们剥开莲子，剥开一层层让我们感慨的小闲事和小忧伤，我们自然地会对着时光会心一笑，然后，起身去将茶杯洗净，泡上一壶红茶或绿茶，就着这历历的往事，慢慢地将时光啜饮干净。

那些浸泡在水中的叶片，其实就是我们记忆中一年年漂起来的这些大事件。下面，是我在每一年年底的时候，列出的一个榜单。希望，这样的榜单，我一直能列举下去，也希望，阅读到这些个私人排行榜的读者，你们也能参与到这样一个"细数流年"的活动中来，也来清点一下你们自己的大事，也来做一个私人大事件排行榜。

那么，就来吧。

2005 **NO.1** 刘小暖

刘小暖也是一个网络ID，认识刘小暖是最近的事情，但她却在我"2005年私人事件"中占据着最重要的位置，甚至是我人生的转折点。

极有可能，我们将合作将我的一部作品搬上电影屏幕，真好啊，我好想过上锦衣玉食的生活啊，我好想被你们大家嫉妒啊。

【长篇揭黑小说】
我鄙视你

2005 **NO.2** 我鄙视你

这本书的主人公依旧叫"赵小帅"。是《我们都是坏孩子》的二部曲，不同的是，字数多了一些，故事更好看了一些。

这部书稿在天涯也作过少量章节的表演，但因为本人不会和那些八零后的孩子们打交道，点击率并不是十分高。

2005 **NO.3**

本人博客
"上床、舞蹈或者暧昧"
天涯首页推荐

从2005年3月开始，本人情色博客开始上了天涯首页推荐，一夜之间，点击率猛增。

当然，这要感谢国家和党的英明领导，以及有关部门的具体指导，和广大群众热情的帮助。

2005 **NO.4** 面粉

由网友"被虫咬过的叶子"发明的"面粉"一词无疑让方便面3号的自恋和无聊达到了高峰，当然，这是对超级女生的一种模仿，但这在博客写作中应该是方便面3号首创。

给面粉送书，为方便面3号赢得了运动的机会，譬如方便面3号每两个月就可以给这些面粉寄一次书，注明，是一本见人就送，送了若干年也没有送完的诗集。抱着书到邮局的路有很长一段距离，这总算是一种锻炼身体的方式。

2005 **NO.5** 戒掉手淫 此处省略三百字。

2005 NO.6
中原渔人被注册

无意中发生的一出争吵。尽管这场闹剧以我的仓皇失败告终，但却让我感觉到"人走茶凉"的悲伤。

尽管我接下来又用"中原渔人"这个笔名写了几篇稿子发表了出来，但仍然感到很滑稽。仿佛要证明给别人看，这个名字是我的，想想，我挺小气。

因为长时间地坐在电脑前，我成为一个腰疼爱好者。不得不去一个叫阿炳的按摩院办理了按摩卡，也曾想去路边的色情场所按摩，但考虑到自己的口袋情况，我还是放弃了。

2005 NO.7 腰疼

2005 NO.8
做版主

忽然有很强烈的虚荣心，经过我不停地网络发帖表示讨好，终于，我献身天涯河南版和西祠胡同的"春药诗人鸟"版做了版主。做版主的好处很多，当然，最重要的，是可以和女网友搭讪。某某名人说得好，不想调戏女网友的版主不是好版主。

第一次被媒体报道，大体的意思是说，有一个家伙整天吃饱了撑得慌，大公无私为了广大网友提供伴有垃圾色情信息的精神食粮。

2005 NO.9
本人的博客第一次上报纸

2005 NO.10
小忧伤

因为最近写了一系列童年的文字，尽管这些文字和大家没有什么关系，是我一个人在一个有月光的舞台上的舞蹈，但依然让我找到了过去的很多美好。我有时候一个人在电脑前发呆很久，那一种忧伤那么小，像邻居家孩子的小名，长大了，就忘记了。

2006 NO.1 惊世之作

2006年6月1日，本人的惊世之作问世。

是一个比较矛盾的人生体验，一方面说明着我对这个世界的热爱；一方面又阐述着我对自己的厌倦，我会因此忽略自己；最后一方面，表达着我从此进入一个边缘化堕落时代。

2007年，我会继续写我的第二部惊世之作。名字叫做《陶瓷了》。

2006 NO.2 湘西走玩

2006年7月，我沿着沈从文的路线，在湘西走了27天。我收获了一个怀抱和一本像沅江一样长短的散文情怀。

我隐忍在心里面，让那些流动已久的热情慢慢淡下来。

我喜欢淡淡地写我走的路线，写那些保留在心里的画面。

这本散文集子，原来，我充满了激情，把很宏大的抒情的忆旧的沈从文式样的人文情结都计划在标题里。但现在，我决定，这本散文集子，我只写给我自己看。

那是我个人的行走，和他人没有任何关系。

另外，湘西行走，我冲动地买下了凤凰的房子，那是我对世界的一次深入干预。我会做好准备，随时准备享受那美丽的凤凰带给我的另外的灵感，或者艳遇。

2006 NO.3 《小忧伤》的确定出版

2005年，这部《小忧伤》曾经以价值十五万元高声叫卖。

其实，这是有缘由的，因为，一个出版者曾经欲以十万元的价格想买断《小忧伤》的版权。呵，只是后来幻灭，像一段感情。

2006年，通过谢宗玉的介绍，这本书有了机会出版。我很喜欢自己在《小忧伤》中的表现，虽然我极力地往生活真实地层面上靠，那文字中所有的场景，小伙伴的名字，差不多都是原名。

但，事过二十年，我的思想被各种各样的空气和植物洗染，我不可能还原当初的原生态。

我能做的，不过是，把美好的东西打捞出来，加入色彩，晾晒在大家面前。那些片断的小忧伤常常把我自己击倒。我和所有的大多数人一样，不怕困难，有骨气，但是，我惧怕那些小小的忧伤，让我柔软、悲观，甚至有时候感到苍白。

凤凰的景致

凤凰的人

凤凰墙上的留言

2006 NO.4 抵天涯

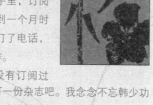

当时做梦也没有想到，我把一百块钱交给邮局的一个职工手里，订阅了《天涯》杂志之后，不到一个月时间，天涯杂志的社长给我打了电话，说，希望你能到天涯来工作。

我工作8年了，从来没有订阅过杂志。今年心血来潮了，订一份杂志吧。我念念不忘韩少功老师的天涯杂志，毫不犹豫地就订了它。意想不到的是，我订阅了一份工作。

像我这样一个业余三流水平的小说作者，写诗起家却又拒绝发表诗歌的清高而寒酸的人，转眼之间，竟然成为了国内知名文学刊物的编辑。

这大概就是人们常说的跳跃。噢，对了，我后来还常常想起，我当初为何不订阅一本《美国国家地理》呢？

2006 NO.5 《我鄙视你》出版上市

我在不同的城市里不同的书店遇到过这本书。我虽然并不以这本书的写作为骄傲，但我仍然感谢它。

2006 NO.6 在一家广告公司做部门经理的经历

2006年初，我失业了近半个月。在家里看招聘广告时的感受历历在目。

忽然就去了一家大型广告公司工作，待遇优厚得如同这家公司的会议一样多。我是一个散淡的人，挣钱挣得累，会想放弃。

2006 NO.7 做河南省文学院签约作家未遂

这是一个非常意外的决定，之前，我不大喜欢别人称我为作家，我有时候会很生气，对他们说，你才是作家呢，你们全家都是作家。可是，我却在今年的年中时候申请做河南省文学院的签约作家。

大概是人员超编，又或者我的条件远远不够，总之最后未遂。这让我第一次感到深深的自卑，并怀疑自己的写作能力良久。

如果不是坐火车到海口，我从来不知道，一列火车可以分为四截，然后一截一截地被装到轮船上。那么有速度的火车，坚硬的火车，原来可以像虫子一样地被截开，然后装入一个容器中。这样的情形非常有审美趣味，我乐此不疲地揣测和观看，我感觉，这件事情虽然普通不过，每天都在发生，但却对我固有的交通理念产生巨大影响。

2006 NO.8 第一次发现火车可以被装到轮船上

真是沮丧，本想着，有数不完的大事等着我去排列、组合、选择、取舍，然后用我漂亮的叙述炫耀给大家看。却发现，我的世界不过是腰椎疼了，勾引一个女人了，刷牙时牙齿出血了，毛巾掉在地上了等小而又小的事情。我这样一个没有信仰、丧失了道德底线、甚至自己天天自圆其说、说自己就是佛的无聊者，就这样被2006年抛弃了。欲望太多，一事无成，我有些不舍，却仍然放手。

2007年度私人大事排行榜

2007 NO.1 儿子的屁股

暑假。儿子抵海口。

我带着他去海口西海岸的沙滩上玩耍，他在沙滩上拉屎，还试图把拉出的屎塞进嘴里，未遂。

我擦干净他的屁股。打了他一下。他看着我，觉得特别好玩，看着我，一直笑。

他叫赵多多，因为生下来的时候，屁多，尿多，屎也多，我给他起的小名。

2007 NO.2 六十七个词

2007年初开始动笔，并于年底完成的一个长篇。小说有很多漏洞、水分和不足。但小说是我临近转折的一个作品。此作品用来向米兰·昆德拉致敬。

这部作品里潜藏着很多冲动，显得无奈和用力。但这个小说一定会有它的历史价值。

这个小说本身就是对小说的一部思考史。我相信，它会在当下浮躁写作中突显重量的。

2007 NO.3 小忧伤

2007年7月，我的散文集《小忧伤》由湖南兄弟文化公司策划出版。

这本小册子的出版得到了不少兄弟的鼓励和赞美。需要提到名字的有：谢宗玉、黄孝阳、孔明珠、陈大明、王国华、陈守湖、朴素、吴昕孺、江少宾、傅菲、黄海、阿贝尔、王月鹏等。同时也感谢发表此书评论的《南方都市报》、《中华读书报》、《新京报》、《文汇读书周报》、《文学报》、《海南日报》等。

2007 NO.4 青创会

因机缘参加了在北京举行的全国青年作家创作会议。见到了许多七零年代出生的写作者：冯唐、盛可以、戴来、魏微、谢宗玉等。也见到了比我晚生两年的七零末代表作者：田耳、徐则臣等。更有年轻得厉害的八零后张悦然、小饭等。

在人群里才能体味到自己的卑。那种没有位置感的迷茫对我非常重要，我觉得营养极了，像是一场来势凶猛的鼓励。

2007 NO.5 南陶秃子

因际和《海南日报》一群同仁去海南昌江一原始森林行走。识得同居一室的南陶秃子。他秃头，长须，有佛相。画画。烧窑。我们就陶瓷器物的易碎等重大问题进行了深入探讨，并达成了重要协议。事后不久，他抵海口工作。并带我去他的窑场，历时三日，烧窑，喝茶。他让我下定决心。要写我的长篇小说《陶瓷了》。

当陶瓷了开始写《陶瓷了》。这个世界才开始有意思起来。

2007 NO.6 身体健康

秋天。我的身体透支得厉害。工作和私人事件的双重挤压让我感觉身体到了一个亚健康的极限。在一个无比懒惰的早晨，我强迫着自己到海南中医院检查身体。发现，各项器官功能均正常。于是在当天的日记上写到：我不是一个有病的人。

2007 NO.7 海瑞

感谢《十月》宁肯兄。我的拙劣的长篇小说《单身男人地图》在《十月》长篇专号上发出来。尽管我的放在了最后一篇，是用来补白的。

那几个月经济高度紧张。宁肯兄的帮助让我稍微喘了一小口。我发誓要到北京请宁兄吃饭。可是。青创会期间，我见到太多的人，自信受到严厉的打击，经常觉得无话可说。没有任何联系别人的欲望。

因为个人工作的便利。我得到了一笔政府基金。要写海瑞。我还没有写。钱已经拿到了部分。

海瑞，他成了我银行里的部分本金，并给予了我极大的利息。我喜欢他。我明年要写长篇历史小说《大明王朝的一柄利器：正说海瑞》。虽然我并不喜欢写历史小说。

但人这一生总要读一读历史的，我就算是牺牲一次。

2007 NO.8 单身男人地图

2007 NO.9 搬家

6月初。搬离海府一横路。

原来住处方便，有银行、饭馆和医院。对面是武警总队，还有起床的军号。搬至五公祠后陷入陌生中，出门全是说海南方言的人。走在他们中间，觉得像是在国外。

有一个卖文昌鸡的小摊贩，他每天都把头发梳得整齐。我为了看他的头发，几乎每天都路过他一次。持续十多天，每每如此，终于叹服，并放弃观察他。

有一个开面包房的小女孩，前不久突发神经病，我给她一元钱，她竟然给了我三元钱的面包量，问她理由，说：你来晚了。

在那个狭窄的住处，我会在桥头的地摊那里看书，买到了香港版的《金瓶梅》三册、《鲁迅全集》半套、《玉女心经》一册。每次均在书上写字，并注明购于桥头地摊。而我买的那些旧书，往往也会有别人写的名字。有一本余秋雨的《文化苦旅》竟然写着：送给亲爱的倩。

书当作废品处理掉了，可想那一段爱情的结局。

2007 NO.10 张家界

在张家界，我的手机丢失。那是我曾用过的最昂贵的一款手机。里面存有我和某个女人的甜言蜜语。

我相信那个偷了手机的人会看到那些短信，我甚至相信他偷偷地借用了其中的某些字句，成全了他自己的一段爱情，从此改邪归正，过上幸福美满的生活。

2007年4月，我去凤凰看我的房子，转折去张家界，在汽车站附近的一辆公交车上，丢了手机。我看到了偷手机的人，他长相不错。

2008年度私人大事排行榜

2008 NO.1 三号小镇

2008年9月12日，我在博客征集客栈的名字。最后确定了"三号小镇"。小镇可以是一个人的小镇，也可以是两个人。甚至可以囊括狂欢与发呆、古朴与闲适。

2008年12月中旬，友人小溪探路，确定了宏村及西递的小镇地址。

确定一个地址，有时候，可以寄托文字，也有时候，可以寄托梦想、钱财、生殖器、咖啡和闲适。有时候，一个女人的笑容是一个地址，某一个夜晚是一个地址。

那么，"三号小镇"，是一个渐渐清晰的地址。是为排行第一。

2008 NO.2 值得炫耀的赵多多

前几日，和我的儿子赵多多通电话，他给我讲故事，说，某某孩子是坏蛋。他的故事讲完了，就这一句，没有过程，只有结果。

我很喜欢他讲的故事。我觉得他文字简洁极了，不矫情。

2008 NO.3 巨大的购书狂

2008年12月25日，我于孔夫子旧书网分别购进人民文学出版社2005年修订版全十八册的《鲁迅全集》一套，人民文学出版社1981年版的平装全十六册的《鲁迅全集》一套，新疆人民出版社1995版的八卷本《鲁迅全集》一套。凡千余元。并觉得大快乐。

2008 NO.4 《暧昧》出版

本人以手写的长篇小说《单身男人地图》单行本将于2009年元月出版，更名为《暧昧》。虽然事过几年以后，发觉此书的书写显得稚嫩，但总比抄袭的那些畅销书要有意思一些。我甚至有直觉，此书会大卖。

2008 NO.5 完成第一部长篇历史小说《正说海瑞》

历史时一年二月余，修改一次。总字数二十八万字。阅读了太监史、丹药史、论语、明史等繁杂的内容，终于跋涉过去。甘苦自知。

2008 NO.6 五台山行

初秋，单位往河南、山东、山西三省游走。在五台山，有些异样的感觉。觉得那里有自己不能容忍或者不能长久呆立的很多东西。但也有很多补益的东西，宛如一些假相，看山不是山。

回到世俗生活中，有许多矛盾不能自行化解。从五台山下来很久，都觉得，挣扎的人生，很不好。何时可以安放自己。郁郁而不得道，遂弃。

2008 NO.7 习短篇

后半年，因为长篇小说结束，习短篇几枚。觉得像国庆节去福山镇喝咖啡一般，咖啡虽然好喝，奈何窗外大雨。路不好走。

2008 NO.8 散文集《青灯》

阅读北岛散文集《青灯》，并认为是近年来读到的最好的散文集。不是之一。遂于网上购书十册，用于送友人。以呼应北岛文中隐忍的伤感。

2008 NO.9 学驾驶未遂

春天，因为经济原因，去驾校退了学费。当时下定决定，这辈子不开汽车了，有钱了，买好车，找个胸部丰满的女人，做司机。

我以后会在我的小说里，让医生、病人、打架的人、喝啤酒爱好者、鼻子红的男人、喜欢鲁迅书信集的人们写诗，若是一部小说还消化不了这部诗集的作品，那么，我会写两个长篇。

到长篇小说出版的那一天，我会剪下来，拼到一起，说，我的诗集终于出版了。

这样想来，挺好玩。

2008 NO.10 诗集《那么骄傲与孤单》出版未遂

2009年度私人大事排行榜

2009 NO.1 3月27日三号小镇咖啡馆旗舰店安徽西递店开业

三号小镇，一开始，它只是一组诗歌的名字，又或者一个长篇小说里虚拟的地址。然而，因为友人小溪的努力，终于，它从虚拟走向现实，并在现实的运营中验证或者反驳了我的种种意念。而让我熟悉了人生的另外的领域。

2009 NO.2 9月，作品《小闲事：恋爱中的鲁迅》出版

《小闲事》是我意外写成的，写作时间极短，然而阅读积累稍长。是华文天下的强势营销和推广，让《小闲事》迅速占领各大媒体。先后被《广州日报》、《扬子晚报》、《三晋都市报》、《新安晚报》等十数家纸媒转载。并在年终盘点的时候，屡屡被各大纸媒体推荐。

2009 NO.3 8月9月云南行

在云南，我站在苍山下的一个院落里，想到了我的将来。另，我在大理，购布鞋一双，并穿着那双鞋，走了很多的路。

2009 NO.4 7月，海口，大雨，我用衣服帮赵多多遮雨

之前，赵多多吃了一盒冰淇淋，讨好我，将吃剩的冰棍强行塞入我的口中。之后，他对我不让他在雨中疯跑的举动，强烈不满。他完全不看我全身被大雨淋湿的狼狈样。这真是一件悲伤的事情，他根本还不懂感激是一个什么样的意味。

2009 NO.5 关于钱财，我完成两个承诺

内容略去三百六十五字。我想说的是，我总有一天，会视钱财如粪土。

2009 NO.6 7月，长篇小说《暧昧》出版

这是我早期完全用手写的一部长篇。这部小说对我有特殊的意义。在此小说之前，我的人生如一张纸洁白。在此小说之后，我的人生如一张纸一样繁杂。

而正是这一部小说，让我的颈椎坏掉。

2009 NO.7 12月，本人三部作品将由华文天下重磅推出

三部作品是三个创作类型。一部是修订版的《小忧伤》，我认为这本书写出了一代人的忧伤。一部是长篇小说《食物》。我认为这部书，我写了一代人的身体和道德。最后一部是我和美女作家周洁茹合著的《1976二重唱》，我认为这本书将掀起中国图书市场男女二重唱的出书热。

2009 NO.8

毛边诗集《三号小镇》即将出版

这是一部失败之书，我用一本书的容量，表达一个失败的选择。

2009 NO.10

并排的琐碎

单反相机。安徽行。湖南行。桂林行。

突然想感谢白龙南路上的山西老面馆，它缓解了我思念家乡的苦楚。感谢37号按摩师，她很用力地帮助我恢复脊椎的舒适。感谢龙舌坡的米线馆以及擦

2009 NO.9 2009年的盛宣怀

这本来是我7月份计划要创作的一部长篇小说，结果，到目前为止，仍然只字未写。但是，这个名字已经成为我2009年度的一个事件，虽然未开始，但故事一直在我的田野里种着。从未停止生长。

鞋店，它有效地填充了我的周末。感谢解放西路，以及山寨手机。

感谢馒头TV，酸奶TV以及种种食物，让我在海南的日子活得滋润。

这些事物，在我的2009年度，并列排名第十。

最后说一下，我明年的最大愿望：我希望《小忧伤》发行量突破十万。

所有来往的博友，也在这里，贴出你们的愿望吧，我决定批准你的愿望：可以实现。

还要再附几句废话：

有天晚上失眠，时间在夜晚突然变得具体，像一些具体的数字一样，被黑夜湮没却又被黑夜拉长。我听到身体内外的声音，细微、幽暗，像诗句未完成时的荒诞。夜慢慢植入我的身体，我把手放到心跳上，感觉着夜晚在身体内部的行走。四周的声音无限放大，像理想一样，总会有嘈杂的不能控制的声响掺入。

那晚，大约，我想到了死亡。想到了岁月渐渐慢下来，我能记住什么。我需要什么样的温暖当作枕衾，伴我入睡。我最从容的时候，会是一个什么样子？我实现梦想之后还能坚持什么？

在内心的某一条布满灰尘的路上往前走，

发现，只要我有力气，拍拍身上的尘土，只需再坚持一下，便可遇到村庄、河流。可以洗去尘世的疲倦，并找到合适的身体居所，以安放自己的内心。

细想一下。这一切并不如自己想象的那么坏。

然而，过往呢。

一页一页被我撕下来的2009年呢。有许多重要的事情，支撑着我。让我有力量梳理自己，有力量坚持，并明白自己需要什么，需要付出什么，舍弃什么，才能获得想要的东西。

我需要付出异于常人的坚韧、专注，还需要付出舍得放弃的勇气，才能获得体面的物质、骄傲以及丰硕的内心。

2010年度私人大事排行榜

2010 NO.1 去鲁迅文学院

2010年3月11日抵北京鲁迅文学院第十三届高研班，期间识得多枚兄弟，有了写中短篇小说的欲望，且一直至今未减弱。在北京期间游走了多枚小胡同，熟悉了后海的夜色以及八里庄南里的苹果。遇到麦克尤恩和卡尔维诺，熟悉了诸多同学气味，遇到让自己满心欢喜的女人。

2010 NO.3 和赵多多同游故宫

他在故宫里拉了一坨屎，然后问，为什么这么多人啊？

我答，大家都是为了和你作伴的。

2010 NO.2 散文集《小忧伤》修订版再版

2010年春天，我的散文集《小忧伤》经华文天下策划，增加了一个章节的内容，增加了后记，修订再版。新版《小忧伤》获得了很多赞美，也收获了不少批评。

新版《小忧伤》在当当网做了近一个月的独家推荐，销售还不错，收到过一些购买过老版本读者的邮件，他们又买了新的版本。这真让我感动。本来只是对个人乡村生活的梳理，却还引来了一些同好者。

《小忧伤》修订版出版后，得到了诸多朋友的帮助，谢谢写评论的诸多兄长，以及发采访过的《文学报》和《中国日报》。还要感谢鲁迅文学院，为我和沈念的散文举办了专题研讨。噢，特别需要提及的，是，《中国日报》的梅佳兄，在报纸发了关于《小忧伤》的专访，那是我第一次被全英文的纸媒报道。

2010 NO.4 《西湖》杂志 2010年新锐专辑

终于在年底时，登陆吴玄兄的《西湖》杂志，在青春期即将结束的时候，新锐了一把。这更加激发了我写中短篇小说的兴致。于是乎，在鲁院结业以后，我写了三四枚中短篇小说。

2010 NO.5 与周令飞先生合作一册《鲁迅私家相册》

在北京电视台做节目时，认识了鲁迅先生的孙子周令飞。并相互好感。并决定于明年初合作一本《鲁迅私家相册》的书，目前，我已经抄录了大半，接近尾声。

因为《小闲事：恋爱中的鲁迅》一书，我得以结识鲁迅先生的后人，觉得很是荣幸。

2010 NO.6
长篇小说《食物》单行本出版

出版时被更名为《裸恋》，有一次在北京机场看到这本书，我装作很喜欢的样子，翻了一会儿，便有服务员在旁边介绍，说这本书卖得很不错。

2010 NO.8
更换单反设备

2010年国庆节前夕，购得尼康D90一枚。用D90机身外加50MM/1·4D的镜头，拍人像十分好。然而，至今，尚未拍过人像，一直冷冻中。

2010 NO.7 黄山不遇

2010年9月初，单位集体出游，自江西庐山下，经黄山而入九华山，而后过扬州抵南京而返。然而，当我抵黄山脚下的时候，身体不适，而导致未爬黄山。在黄山脚下的一个镇卫生院躺了整整一天，第二天，出乎意料地完全康复。

2010 NO.9
毛边诗集《三号小镇》出版，并高价百元每册出售。

因为，印数特别少，我只印了四百册，所以一开始便高价出售。自春天这本毛边诗集出版至今，已经售出近三十册，我没有编号。看来，照此速度，我要卖上十年，才行。

2010 NO.10 去西藏未遂

今年有许多愿望未遂，比如我凤凰的三号小镇装修未遂，比如，我的小说发《十月》杂志的小说新干线未遂，比如，我一直想着要去西藏未遂。总有一些愿望是未遂，这让我们有接下来还要好好活着愿望和必要。

就这样吧。

附录一：我心目中的美好女人排行榜

我心目中的美好女人，不是我母亲，她太节俭了。而且，她也不笨，我小的时候，她经常向我吹嘘她学习有多好。你知道的，这些都无人证明。

但我还是喜欢我母亲的善良，她教会我们，不能因为饥饿就随便吃人家的东西。也不能因为吃了人家的东西，就听从人家的安排。这一点，对我的一生影响都很大。

我心目中的美好女人：

首先，要笨一些。

这个世界到处都是聪明的人，我自小就聪明，但并未因为聪明而获得什么。我后来所有的获得，都不是因为聪明，而是因为我踏实的劳动。所以，我对聪明非常警惕。

- 我喜欢毫不防备的女人，就算我欺骗了她，她也丝毫不会发觉的女人。
- 如果我哪天见到了老情人，她会找借口离开的女人。
- 发现了我的某个恶俗的缺陷，并不立即纠正的女人。
- 偶尔心烦，却自己找不到原因的女人。
- 被水果刀划破手指后要打电话告诉我的女人。
- 学不会跳舞的女人。
- 经常迷失方向的女人。
- 被人欺负后绝不会埋怨别人的女人。

这些女人都是笨女人，稍微聪明一些的女人，都会有很多连锁的反应，她会想到自己的位置，感情的对比度、酸甜度等，甚至会看重利益，投资回报率，甚至和身边另外的男人比较。

一个女人的任何一点反应，都能暴露出她自己的阶段处境。

· 如果一个女人分为九段的话，那么，笨女人一定是九段。
· 八段的女人稍聪明一些，因为她喜欢偶尔占点小便宜。
· 七段的女人偶尔聪明，因为她聪明的时候很计较得失。
· 六段的女人有高学历，但事事总追求精神愉悦。
· 五段的女人有高收入，但她放荡不堪。
· 四段的女人是贤妻良母，但她爱逼迫老公升得再高一些。
· 三段的女人是发廊妹，正在谈一场惊天地泣鬼神的恋爱的时候，突然看到
  一个有钱人就全忘记了。
· 二段的女人是模特，腿很好看，但除了会穿衣服之外，没有用处。
· 一段的女人是大学生，未成年，靠不住。

多数女人都停留在四五六段，而我却喜欢九段的女人，怎么样，装傻吧。
不过，装傻的女人有很多，都不过是一些看着对象的装傻，这种装傻和三段
发廊妹差不多。

我心目中的美好女人，其实就是一个对我自己的道德底线时时考验的女人。
她的笨正好可以试探一个男人的卑鄙和龌龊。

另外，除了喜欢九段的女人以外，我还喜欢胸部稍大的女人。
胸部，是女人的一个备注，它包含了哺育之外的所有意义。

附录二：美好事物排行榜

NO.1 做爱

不想做任何细致的解释。和成功、财富、善良等排名一样，方便面3号把做爱排到美好事物的第一位。

从我们一生做事情成功的几率来说，做爱是最美好的。

我们的一生，可能会暗恋很多人，喜欢很多人，可能会被很多人喜欢。但真正的两情相悦，又彼此温暖地做爱的人少而又少。

在此不讨论一夜性、嫖妓。

NO.2 接吻

我国的接吻历史比较短，特别是在影视和文学作品中，接吻还出现不到一百年。

但作为心灵交通的一种最新方式，仿佛只有接吻才能表达两个人最为甜蜜的想法。

现在，我经常在公交车上、夜晚的大学门口、电视剧里、甚至自己的作品里看到两个年轻人接吻。

我感觉只要他们感觉对方的牙膏口味不错，就可以了。

NO.3 拥抱

拥抱分为很多种，排在这里的拥抱特指情人或恋人之间的拥抱。

这是一种传递着温暖和想念的拥抱。

男人张开双臂等待着一只鸟儿飞过来，女人展开双翅像鸟儿一样地扑过去。

拥抱大概是最诗意的男女关系，它不叛逆，不极端，不丑陋，甚至于适合在大庭广众之下表演。

不过，并不是在大庭广众之下进行的事情就是最美好的，所以，它只能排名第三。

NO.4 牵手

过马路的时候，是男人牵女人手的最佳时机。

有很多个恋爱都是从过马路时男人自然而然地牵住女人的手开始的。

有很多个浪漫或者娇情的男女对爱情的理解就是和一个人牵手走在街上，在这里，我只能说，这只是爱情的一小部分。

就像我们的高尚也包括尿尿以后洗手一样，只是一部分内容。

NO.5 想念

想念总是从心灵出发。

很多个作家或者电影工作者都试图用作品来表达想念是有力量的，譬如一个男人的想念，会让女人感觉幸福。而一个女人的想念会让男人事业成功。当然，这只是一种幻想。

但如果这种想念变成一封信，一次电话，一个晚上的寻找，那么这段感情就会有牵手、拥抱、接吻上床的可能。

NO.6 关怀

一开始，关怀总是单纯的。

而被关怀者总会误解的。

关怀一个人和爱一个人会有一样的作用。

在这里，方便面3号倡议，如果你爱她，就关怀她。早晨时问她喝牛奶了吗；看到她脸红问她是不是发烧了；她微笑的时候问她笑什么，分享一下；她沉默的时候，把昨天晚上背诵好了的笑话讲给她听。

关怀，如果发自内心，会种下爱情。

NO.8 想象

羡慕别人的时候往往会想象自己的爱情，那个男人和女人是多么的完美无缺。

但这种事情适合无聊的时候做。

NO.7 遇到

如果是在电梯里遇到你喜欢的人，通常，我们会心跳加快甚至咳嗽的。

如果是在商场或者卖场遇到一个似曾相识的人，你会不由自主地加快脚步的。

如果在朋友的婚礼上遇到他或者她，你会比平时更加活泼，甚至非常乐意表现自己的。

如果你发现自己发生以上几种情况，请注意，眼前的这个人让你心动了。

NO.9 做梦

这种事情适合20岁以下的女孩子做，在我的眼里，女人过了20岁就应该成熟了。

是的，女人通常要比男人早熟一些。

我喜欢早熟的女人，却不知为什么喜欢。

NO.10 错过

之所以把错过也排到美好事物的第十名，是因为现在的一些人过于小资。

小资是什么，按我的理解，小资就是吃饭不叫吃饭叫去咖啡厅；上床不叫上床叫喝完咖啡以后的事情；骂别人不叫骂别人叫做让他多读读书。

图书在版编目(CIP)数据

核桃男人之小荒唐/赵瑜著. —上海：上海人民出版社,2016
ISBN 978 - 7 - 208 - 13913 - 8

Ⅰ.①核… Ⅱ.①赵… Ⅲ.①随笔-作品集-中国-当代
Ⅳ.①I267.1

中国版本图书馆 CIP 数据核字(2016)第 142422 号

出 品 人　邵　　敏
责任编辑　崔　　琛
封面装帧　赵　　瑾

世纪文睿出品

核桃男人之小荒唐
赵瑜 著

出　　版　世纪出版集团 上海人民出版社
　　　　　(200001　上海福建中路 193 号　www.shsjwr.com)
出　　品　世纪出版股份有限公司上海世纪文睿文化传播分公司
发　　行　世纪出版股份有限公司发行中心
印　　刷　启东市人民印刷有限公司
开　　本　890×1240 1/32
印　　张　6.5
字　　数　93 000
版　　次　2016 年 7 月第 1 版
印　　次　2016 年 7 月第 1 次印刷
I S B N　978 - 7 - 208 - 13913 - 8/I·1551
定　　价　28.00 元